ベリーズ文庫

おひとり様が、おとなり様に恋をして。

佐倉伊織

STARTS
スターツ出版株式会社

目次

おひとり様が、おとなり様に恋をして。

おひとり様が、おとなり様に恋をして。

すっぴんの再会

「えっ、嘘《うそ》……。鍵は？」

まだ暑い盛りの八月下旬。仕事を終えてホッとひと息つけるはずだった金曜の二十時の出来事だ。

私、尾関万里子《おぜきまりこ》は、マンションの部屋の前でショートパンツのポケットに手を入れて声をあげた。ここに入れたはずの家の鍵がないのだ。

「こっち？」

いつもの左ポケットではなく、右に入れたのかもしれないと確認してみる。でも、手にはなにも触れない。

「どこ？」

マンションから五分ほどのところにあるコンビニエンスストアに、缶チューハイとおつまみを買いに行っただけなので、持ち物は財布と家の鍵のみ。スマホすら持っておらず、半袖のTシャツにはポケットもない。

ショートパンツにないとすると……。

買い物袋をガサゴソしてみたものの、それらしきものは見当たらず、顔が引きつる。

「ない……ない……」

買ったものを全部出して袋をひっくり返したけれど、とうとう鍵は出てこなかった。

落とした……？

これから楽しい酒盛りの時間だったはずなのに、家に入れないなんて最悪だ。

しかもすぐに戻るからと油断して、すっぴんに眼鏡、ラフすぎる部屋着にサンダル姿だ。胸のあたりまである長い髪は適当にまとめてお団子にしただけでぼさぼさで、会社の同僚には絶対に見られたくない。

友達に助けを求めようにもスマホもなく、お手上げだ。

この恰好で鍵捜しの旅に出かけなければならないなんて。せめてジーンズをはいておくべきだった。

もしや、鍵を閉め忘れて出かけたのでは？　開いてる？と、一瞬気持ちが浮上する。

一縷《いちる》の望みをかけてドアハンドルを引っ張ってみたけれど、無情にもガチャンと音がするだけ。しっかり鍵は閉まっており、脱力した。

「あー、もうほんとに……」

自分の間抜けさに、思わず声が漏れる。

これでも会社ではしっかり者で通っているのに。もちろん〝猫を被った私〟が、なのだけれど。

コンビニにしか行っていないことだけが救いだった。通った道をたどれば、きっと見つかるはず。

あきらめの悪い私は、もう一度ドアハンドルを操作して思いきり引いてみた。しかしもちろん、開くはずもない。

半分泣きそうになりながらドアハンドルから手を離したとき、階段を上がってくる足音が聞こえてきた。

「どうかされましたか？」

声をかけてくれたのは、背の高い男性だ。

シャツにネクタイ姿の彼にだらしない恰好を見られるのが気まずすぎて、うつむき加減になりながら答える。

「あっ……いえ」

買い物袋を提げている彼は、おそらく隣の角部屋の住人だろう。管理会社に連絡してもらえるよう、助けを求めるべき？と考えたものの、話したことすらない人にいきなりそんなお願いをする勇気が出ず、軽く会釈をして鍵を捜すために一歩足を踏み出した。

　すると彼が口を開く。

「お隣の方、ですよね？　もしかして、鍵を落としました？」

　五階建てのマンションの二階にある私の部屋の隣に、男性が住んでいることはなんとなく知っていた。よりによってこんな恰好のときに初めてのご挨拶なんて、最悪としか言いようがない。

「……は、初めまして。そうなんです。どこかで落としたみたいで」

　眉が半分ないすっぴんの顔を見られるのが恥ずかしくて、視線を床に落としたまま言う。

「それは大変だ。一緒に捜しますよ」

「とんでもない」

　藁《わら》にもすがりたいところだけれど、見ず知らずの人を私の失態に巻き込むのははばかられて、とっさに断ってしまった。

「お騒がせしました。大丈夫です」

「ふたりのほうが早いですから。落とした場所に心当たりは？」

　どうやら本気で捜してくれるようだ。

「そこのコンビニに行って帰ってきたんです。道端かコンビニの中か……」

情けなさすぎてまともに彼の顔を見られず目を伏せたまま答えると、彼はポケットからスマホを取り出してどこかに電話を始めた。

「すみません。鍵を落としてしまったようで。そちらに買い物に行ったのですが、届いてませんか？」

コンビニに電話してくれているようだ。

「……そうですか。捜しに伺ってもいいでしょうか？　……はい。よろしくお願いします」

彼の言葉からして、見つからなかったようだ。がっくり肩を落とす。

「店員さんは見てないって。でも店内を捜してくれるみたいだから、俺たちは道路を捜してみましょう」

「ありがとうございます。ですけどやっぱり申し訳ないので、私ひとりで……」

親切な人に出会えて心強いけれど、さすがに振り回しすぎだ。そう思って断ったのに、彼は首を横に振る。

「このまま帰っても気になって眠れないですって。ほら、行きましょう。ひと通り捜して見つからなかったら、管理会社に電話すればいいですし。階段？　それともエレベーター？」

「本当にすみません。階段を使いました」

私はお言葉に甘えることにした。

私を先導するように前を歩く彼は、マンションの廊下や階段もキョロキョロしながら捜してくれる。

私も自分が歩いてきた場所を思い出しつつ、先に進んだ。

マンション前の道路に出ると、街灯だけになるため途端に暗くなる。こんな状態で見つかるのだろうかと一気に不安に陥った。

「道路のどっち側を歩きました？」

「行きも帰りも、このガードレールの内側です」

車二台がゆっくりならすれ違えるこの道路は、近所の小学校の通学路になっていて、片側に少し広めの歩道がありガードレールが設置されている。

「わかりました。キーホルダーついてます？」

「あ……。はい」

こんなことになるなら、付け替えておけばよかった。

そう後悔したのは、会社のお笑い好きの後輩男性が面白半分でくれたキーホルダーがついたままだからだ。

「どんなの？」

歩道だけでなく道路にも目を凝らす男性が、何気なく尋ねてくる。

「えっと……あの……木の板に漢字で〝神〟と書いてある……」

どう考えてもセンスがないキーホルダーを告白しなければならず、顔から火を噴きそうだ。

「髪の毛の髪？」

「いえ、神さまのほうの神です」

正直に打ち明けると、足を止めた男性が握った拳《こぶし》を口にやり、笑いをこらえているのがわかる。

「すみません……。特に宗教を信仰しているわけではありませんので」

あやしげな宗教に入信していると思われてはまずいと付け足した。

「謝る必要はないですよ。それじゃあ、神さま好きなんですか？　そんな趣味あるのか？」

彼は聞いておいて、自分でつっこんでいる。

「そういうわけじゃ……。会社の後輩の残業を代わってあげたらくれたんです」

強制的につけられたのだけれど、面倒でそのままにしておいた私も私だ。

「なるほど。信仰してるわけじゃなくて、あなたが神なんだ」

「それもちょっと違うんですけど……」

初めて会う人なのに、会話が弾んでいるのが不思議だ。いつもはなにを話すべきか考えすぎて、会話を楽しむ余裕なんてないのに。

「とりあえず、神ね。おい、神、出てこい」

彼がそんなふうに言いながら再び進み始めたので、ピンチなのに口元が緩む。神さまに命令しているように聞こえたからだ。

見つかることを祈りながら目を凝らしたが、暗いのもあって見当たらない。潔く管理会社に連絡したほうがよいのではないかとあきらめかけたとき、彼が草むらに手を伸ばした。

「いた！　神！」

「あっ、ほんとだ」

彼が伸ばした手の先に、あのダサいキーホルダーが見えて笑みがこぼれる。このキーホルダーの存在がこれほどうれしかったことはない。

「ありがとうございます。本当に、本当にありがとうございます」

鍵を受け取り、頭を下げた。

彼がいなければ、今頃途方に暮れていただろう。

「いや。なんか俺もすごくうれしい。なんだろうね、この気持ち」

とてもいい人でよかった。

「なにかお礼を……」

そう言ったとき、隣を車が走り抜けていき、ヘッドライトのおかげで彼の顔が初めてはっきりと見えた。明るいマンション内では、服装もすっぴんも恥ずかしくてずっとうつむいていたからだ。

三十歳前後だろうか。すらっと通った鼻筋に、二重のはっきりした目。柔らかそうな髪は、襟足は短めで前髪が長め。清潔感あふれている。

どこかで会ったことがあるような……。

マンションですれ違ったのだろうか。初対面ではない気がするものの、誰なのかは思い出せない。

「お礼なんかいらないですよ」

「それでは私の気がすみません」

ひと晩この姿で途方に暮れたかもしれないのだから、彼は恩人だ。

「うーん。それ、なに買ったんですか？」

彼は私が持っている買い物袋に視線を送る。

「チューハイと柿の種です」

こんなことになるなら、かわいらしいデザートにしておけばよかった。

そんな後悔をしてもなんの意味もないとわかっていても、素敵な男性の前では、少しは女性らしいところを見せたいものだ。

なにせ、神キーホルダーに、完全なる部屋着とサンダル、おまけに髪はぼさぼさという、隙だらけの姿なのだから。

「飲める人なんだ」

「それなりには……」

それなりどころか、ザルだ。かなり飲める。

けれど、これまたかわいらしさの欠片《かけら》もないと、あいまいに濁した。

「それじゃあ、俺にもビールおごってください。コンビニの店員さんも捜してくれてるから、お礼に行ったほうがいいし」

彼にそう言われて、鍵が手元に戻ってきたことで安心してしまっていた自分を恥じた。いまだ捜してくれているかもしれないのに、そこまで気が回らないなんて。

「すみません」

「なに謝ってるんですか？　電話したの俺だし、慌ててるときは冷静になれなくても仕方ないですよ」

「……はい」

こういう立派な人に会うと、自分の情けなさにへこむ。もうお酒も浴びるように飲めるのに、大人になりきれていないと突きつけられた気がするからだ。

幼い頃想像していた大人像と、今の自分はすさまじく乖離《かいり》している。

もっとバリバリ仕事をして、素敵なパートナーが隣にいて、いつも余裕の笑みを浮かべて人生を謳歌《おうか》しているはずだったのに……。

仕事でよれよれになり、金曜の夜のひとり酒盛りが楽しみで、彼氏どころか友達も多くなく、土日は家で引きこもり生活。

現実はなかなか厳しい。

コンビニまではそこから歩いて二分。到着すると、彼は私より先に店員に頭を下げてくれた。

私も隣でお礼を言ったが、彼はまるで保護者のようだ。

見ず知らずの私のためにここまでしてくれるなんて、本当に人間ができている。私もこうなりたいと思うお手本のような人だった。

「あれっ？」

お礼のビールを選びにお酒のコーナーへと移動すると、彼がまじまじと私を見るので、顔を両手で覆った。

眉毛すら描いていない顔をそんなふうに見られたらいたたまれない。一応これでも、恥じらいというものはあるのだ。……なんて、さっきは堂々と買い物に来たのだけれど。

「どこかで会ったことありませんか？」

「えっ？」

私が感じたことを彼も口にするので、やっぱりそうなのかと思ったけれど、いつどこで会ったのかどうしても思い出せない。

「マンションですれ違ってるのかな」

「そうだと思います」

「……うん」

彼は納得したようなしていないような気のない返事をして、ビールを一本手に取った。

「それじゃあこれ、お願いします」

「おつまみもどうぞ」

私がおつまみも勧めると、彼はくすっと笑っている。

「律儀《りちぎ》な人だな。お言葉に甘えるか……」

彼はビールを持ったまま総菜売り場に移動して、迷うことなくねぎ塩牛タンに手を伸ばす。

「これうまいですよ。食べたことあります？」

「ないです。お酒が進みそう」

かわいい乙女を装うつもりだったのに、素が出てしまった。

おかしなキーホルダーを持ち、部屋着のままコンビニに行く、ねぎ塩牛タン好きの女子なんて、〝かわいらしい女の子〟からもっとも遠い位置にいそうだ。

でも、もう見せてしまったので仕方がない。

「食べてみます？」

「はい」

返事をすると、私の分まで取ってくれた。

レジに行き、バーコードを通してもらう間に財布のファスナーを開ける。カードを取り出した瞬間ピッと音がしたと思ったら、彼がスマホで決済を済ませていた。

「えっ?」

「ああ、ごめん。癖《くせ》で払ってしまいました」

そう言う彼は、ねぎ塩牛タンを私の袋に入れる。

「それじゃあ、現金でお支払いします」

「俺、小銭は持たない主義で。だからいいですよ。さ、帰りましょう」

スタスタと店を出ていく彼を慌てて追いかける。

「私に払わせてください。お礼になりません」

なんとなく、最初から自分で払うつもりだった気がしてそう訴えると、彼はかすかに笑っている。

「ねぎ塩牛タン仲間ができてうれしいんですよ。もっとおしゃれな食べ物がよかったか……。まあでも、これが一番うまいからしょうがない」

彼はひとりで納得しているが、さっき私もそれに近いことを考えていたので、なんとなく親近感が湧いた。

マンションに戻ると、改めてお礼を言って頭を下げる。

「本当に助かりました。ありがとうございました」

「これくらいお安い御用です。俺はもうかなり長くここに住んでるんですけど、引っ越してこられたの、最近ですよね？　前は男性が住んでいらしたと思うんですけど、先日あなたのうしろ姿を見かけて、あれっ？と」

「はい。四カ月ほど前に越してきました。以前、祖母と一緒に住んでいた古い家の耐震に不安があってここに」

「おばあさんと？」

余計なことまで話してしまった。

「いえ、なんでもありません。今日は本当にありがとうございました」

もう一度深々と頭を下げてからドアを開けると、「待って」と声が聞こえてきて動きが止まる。

「なにか？」

近づいてきた彼は、私の顔をまたまじまじと見つめた。

「すっぴんなんで勘弁してください」

どうしても見たいなら、眉を描いてくるから待ってほしい。

「ああ、ごめん。あの……おばあさんって、足が不自由な？」

「えっ？」

「いつも眼鏡ですか？」

矢継ぎ早に質問されて、少し戸惑う。

祖母は足が悪かったし、いつもはコンタクトなのだ。

まるで私を知っているような言い方に、首をひねった。

「おばあさんにスニーカーを――」

「もしかして、スニーカーの人ですか!?」

大きな声が出てしまい、慌てて口を手でふさいだ。

「そう、スニーカーの人」

彼はくすっと笑った。

「す、すみません。失礼な言い方を……」

名前を知らない彼のことを、祖母と〝スニーカーの人〟という呼び方をしていたのでとっさに出たが、失礼だったと慌てる。

「いいですよ。その通りだし。おばあさん元気？」

「……実は、半年前に亡くなりました。それで引っ越してきたんです」

私の両親は小学四年生のときに離婚して、母と祖母と三人での生活が始まった。しかし母が五年前に再婚したため、古いけれど広い実家に祖母とふたりで暮らしていたのだ。

祖母が亡くなり、これからについて話し合ったとき、あの古い家に住み続けるには大規模なリフォームが必要だったので断念し、マンションに引っ越した。

ちなみに祖父は私が物心つく前に亡くなっており、どんな人だったのか記憶にない。

祖母の死を伝えると、彼は笑顔から一転、眉尻を下げる。

「そう。残念でしたね……」

「はい。でも、その節はありがとうございました。祖母はあれから毎日散歩に行くようになって。家にこもってばかりで難しい顔をしてたのに、表情が柔らかくなったんです。あなたのおかげです」

実は一年半ほど前、足腰が弱くなった祖母に散歩用のスニーカーをプレゼントしようと思って、スポーツ用品店に出かけた。

しかし骨が変形気味でサイズに左右差がかなりあった祖母は、既製品のスニーカーを痛いと嫌がり、途方に暮れた。そのとき、スニーカー選びを手伝ってくれた店員が彼なのだ。

彼は祖母の足を丁寧に計測し、オーダーのインソールを作るよう勧めてくれた。

それまで散歩に誘っても行きたがらなかった祖母が、そのスニーカーを手に入れてから積極的に動くようになり、たくさん笑顔を見せてくれるようになってうれしかった。

「よかった。俺もうれしいです」

「あれからお礼に伺ったんですけど、お店にいらっしゃらなくて……」

祖母がたいそう喜び、散歩がてら一緒に会いに行ったものの、彼の姿は見つけられなかった。

「俺はあの店の店員じゃなくて……」

彼はそう言いながら、バッグから名刺を取り出して私に差し出す。

「あのスニーカーを作っているメーカーの沖俊典《おきとしのり》といいます。あの日は、たまたま市場調査のお礼のためにあの店に赴いていたんです。うちはスポーツ選手のスニーカーやインソールも作ってるから、いろいろノウハウがあって」

「そうだったんですね。レーブダッシュって……」

名刺には、運動音痴の私でも知っている有名なスポーツ用品メーカーの名が記されている。

「ご存じですか？」

「もちろん。実は祖母のスニーカーを買ったあと、私も気に入って購入したんです」

私はドアを開け、玄関に置いてあったスニーカーを取り出した。

「私、ちょっと甲高で。二十四センチを履いているんですけど、すごく快適です」

「おばあさんと色違いだ」

祖母が購入した色まで覚えてくれているとは感激だ。

「はい。祖母がブラウンでしたので、私はホワイトを。これを履いて、一緒にお散歩に出かけてたんです。足が疲れなくて最高でした」

甲高幅広の私は、仕事では無理してパンプスを履いている。そのせいか外反母趾《がいはんぼし》気味でつらいのだけれど、このスニーカーを履いたときの解放感に感動した。足に合う靴の大切さを知ったのが、このスニーカーなのだ。

「俺も……」

今度は沖さんが玄関からスニーカーを持ってきた。それが同じ型のネイビーだったので、なんだかうれしくなる。

「おそろいだ」

「うん。これ、日常生活では抜群に履きやすいんだよね。ソールがいいから足の疲れも軽減できるし。って、自社製品の売り込みみたいですみません」

彼はお茶目に言うけれど、売り込んでくれたから祖母に笑顔が戻った。

それに、それだけ自社製品に自信があるのだろう。

「とんでもないです。祖母の笑顔を取り戻してくださった沖さんにはすごく感謝してます」

「俺もうれしいです。……名前を聞いてもいい？」

すっかり自己紹介を忘れていた。

「尾関万里子と申します。カーリースの会社で働いています」

「カーリースか。うちの会社もリース会社にはお世話になってるな。点検も全部やってくれて本当にありがたい」

「いえいえ。私はただの事務員でして、最近はクレーム対応係みたいになっています」

カーリース会社にいるとはいえ、事務処理ばかりで点検なんてとてもできない。

「クレーム対応か……それはストレスたまるでしょう？」

「おっしゃる通りで、飲まずにはいられないというか……」

金曜までストレスを溜めに溜め、思いきり飲んだくれて清算するという生活を送っている。

そもそも営業事務なのだが、営業所の所長が顧客に対する電話対応を褒めてくれたのがきっかけとなり、クレームの電話を任されることが増えた。今日も帰りがけに対応して思いきり叱られたのもあり、ついうっかり愚痴をこぼしてしまった。

「アルコールだけじゃ体に悪いから、ねぎ塩牛タンも忘れずに」

「はい。ごちそうにまでなってしまって、本当にすみませんでした」

沖さんにはお世話になりっぱなしだ。

「その程度でごちそうになったと言われても……。それじゃあ、ゆっくり休んでください ね。呼び止めてすみませんでした」

「はい、おやすみなさい」

今度こそ彼と別れて、部屋に入った。

職場では気を使ってしまい言いたいことも呑《の》み込みがちな私が、沖さんとこれほど会話を弾ませられるなんて。自分で自分に驚いている。

1Kの部屋のベッドに腰かけて、買い物袋を小さなテーブルに置いたあと、祖母の足を丁寧に計測してくれた沖さんを思い出す。

彼がサポートしてくれなければ、足に痛みがあり出かけるのが億劫《おっくう》になっていた祖母は、筋肉量が落ちて寝たきりになっていたかもしれない。あの出会いに感謝した。

「神だよね、彼が」

センスのないキーホルダーを手にして苦笑する。

せっかく再会できて、しかも隣に住んでいるという奇跡まで起こっているのに、恥ずかしい姿ばかり見せてしまった。

運がないな、私……。

お世話になった人にばったり出くわすという、ドラマのような運命的な出来事だったのに、そこから恋が芽生えるような展開にはなりそうにない。

まあ、見ず知らずの人のためにとっさに動けるほど優しくて、容姿も整っている彼には、それ相応の彼女がいるだろうけれど。

「ドラマはフィクションよ、フィクション」

いい男が売れ残っているわけがない。もしパートナーがいなかったとしても、こんなずぼらな私が恋愛対象になることはないだろう。それに私も、あんな素敵な人に自分を合わせられるとは思えない。

最近少し太って気になるようになったお腹の贅肉《ぜいにく》をフニフニとつまみながら、大きなため息をついた。

それから食べた沖さんお薦めのねぎ塩牛タンは、かなり好みの味だった。

「やば。お酒が進む」

飲みすぎてはいけないと、チューハイを一本だけにしておいたのだが、まったく足りない。

今日最後の電話の後味が悪すぎて、酔って忘れたい気分だったのだ。それに加えて鍵まで落とし、今週の運勢は大凶だったのではないかと疑う。

とはいえ、沖さんに再会できて祖母のお礼も言えたので、凶くらいかな……。

「来週は……」

テーブルに放置してあったスマホを手にして、来週の運勢を調べてみる。普段占いはまったく信じていないのだけど、なんとなく気になったのだ。

「え……」

思わず落胆の声が漏れた。

【週の初めから仕事のトラブルあり。週の後半は嫌な連絡があるかも。来週はおとなしくしていましょう】

調べたことを後悔する文言が並んでいて、スマホをベッドに放り投げた。

今週以下ということだろうか。

「普通さ……」

少しはよいことも書いてあるものでしょう？

もうシャワーを浴びて寝てしまおう。

そう思った私は、缶を片づける気力すらなく、バスルームに向かった。

翌日の土曜はお休み。

朝から洗濯に掃除……なんて優等生ではないので、十時過ぎまでベッドでダラダラ過ごした。

「もう、ずっとここにいたい」

こういう無駄な時間が、最高に気持ちいい。

スマホをいじりながら、テレビの電源を入れる。

見もしないテレビをつけておくのは、ひとり暮らしに慣れないからだ。なんとなく寂しくて、誰かの声を聞いていたい。

SNSを覗《のぞ》くと、会社の後輩がきれいに加工したケーキの写真を載せている。これはおそらく、先週の土曜に誘われたケーキバイキングのときに撮ったものだろう。

皿を持っている後輩の手の指先にはきちんとネイルが施されていた。

ネイルどころか、少し伸びすぎた自分の爪を見てため息が漏れる。

「女子力、どこいったんだろ……」

私は大学を卒業してから六年、二十八歳の今日までずっと、カーリース会社『東《ひがし》日本《にほん》リースサポート』で働いている。

先輩が育児休暇中で、私が事務職をまとめる役割を負っており、慣れないリーダー役に四苦八苦している毎日だ。

その会社のふたつ後輩の児玉《こだま》さんに誘われたのだけれど、忙しくて……と嘘をついて断ってしまった。

会社ではよき先輩の仮面をかぶっているものの、休日まで一緒となると気が抜けなくて疲れてしまう。

しかも、流行に敏感でメイクもファッションも完璧なキラキラした彼女の隣にいると、自分磨きを手抜きしていると指摘されているような気分になって、チクチク胸が痛むのだ。

「皆、元気だなあ」

バイキングに行った三人のうちのふたりは、彼氏がいる。

二十八歳になったのに異性の影がない私を心配した児玉さんに、『紹介しましょうか？』と言われたものの、遠慮した。

パートナーが欲しくないわけではない。むしろ、彼氏のいる同僚をうらやましいとも思う。

けれど、恋人がいる生活が面倒だと思ってしまう自分がいる。

五年ほど前には恋人がいたこともあった。彼に嫌われないようにと精いっぱいおしゃれをして、会社が休みになるとデートに出かけ……。

最初はそれが楽しかったけれど、どこか無理をしていたのだろう。彼の前では疲れたと言えず、どんどん笑えなくなっていった。

彼は不機嫌なときには顔に出るタイプだったので、怒らせないようにと知らず知らずの間に気を張り詰めていて、デートが楽しみどころか重荷になってしまった。

ある日、デートの約束の場所に現れない彼に電話をしたら『忘れてた。今、友達と遊んでる』と返事があった。

朝早くからメイクをして髪をコテで巻き、彼が好みそうな洋服を纏《まと》って約束の十五分前から待っていた私は、完全に冷めて別れを決めた。

付き合いだしてからずっと彼に合わせてご機嫌をうかがっていた私は、そこまでしても忘れられる自分の存在が虚《むな》しくなったのだ。

心底疲れてしまったせいか、恋にあこがれはあるけれど、自分から積極的に男性とかかわろうとはしなくなった。ひとりの気軽さを知ってしまったのだ。

「いつ寝てるのよ……」

そんな堕落した私とは対照的に、彼女たちはデートもして会社の同僚や友人とも出かけて……。どこにそんな体力や気力があるのだろう。

祖母が亡くなるまでは、私ももう少し元気だった。足が悪く寝たきりになってしまいそうな祖母をなんとかしたいと、時間があれば近所をふたりで散歩して歩いたし、料理も手の込んだものを作ったりした。

けれどひとりになってからは外に出るのも面倒になり、ネイルサロンに行くのと、家でダラダラするのを天秤《てんびん》にかけたら、迷わず後者が勝つ。

祖母を亡くして、燃え尽きてしまったかのような……。

終わってるな、私。

私はむくっと起き上がって、大きく伸びをした。

このままでいいのだろうかという不安がよぎったからだ。

「でもなあ……」

どうしても出かける気力はない。とりあえず溜まっている洗濯でもしようと、脱ぎ散らかしてあったカットソーに手を伸ばした。

せっかくやる気になったのだからと、ベッドのシーツも全部洗って、ブランチの時間だ。

「おいしそう……」

テレビで紹介されたエッグベネディクトに目が釘付《くぎづ》けになる。

一方私の前にあるのは、トーストとベーコンエッグだけ。サラダくらいつければよかったが、面倒だからまあいいやと思ってしまう悪い癖が出た。

朝から手の込んだ料理が出てきたら、男性は感激するだろうか。

やっぱり私には恋人を作るのは無理そうだな……。

休日の朝くらい、彼のためにおしゃれな朝食を作るより、のんびり過ごしたいという気持ちが勝ってしまう。

食器を片づけたあと、渋々メイクを始めた。冷蔵庫の中が空になりそうなので、スーパーに行かなければまずいからだ。

メイクといっても、会社に行くときのようなフルメイクではなく、簡単にファンデーションを塗って眉を描いただけ。

白いカットソーにジーンズを合わせ、レーブダッシュのスニーカーを履いて、眼鏡のまま部屋を出た。ドライアイ気味で、コンタクトはできるだけつけたくないからだ。

すると、ちょうど隣の部屋から沖さんが出てきて、慌てて頭を下げる。

「こんにちは。昨日はありがとうございました」

「いえいえ。今日は落とさないでくださいね」

黒のリュックを右肩にかけた彼はくすくす笑いながら近づいてくる。足元があのスニーカーだったので、そろえたみたいで面映《おもは》ゆい。

「気をつけます。お出かけですか？」

「ちょっとジムに。最近体がなまってて、腹が出てきそうだから」

彼がそう言った瞬間、思わず自分のお腹を押さえた。昨日贅肉をつかんだところを見られたかのようで、なんとなく焦ったのだ。

「沖さん、スタイルいいですよね」

私より頭ひとつ分大きな彼は百八十センチ近くありそうだし、体も引き締まっている。つかめる贅肉なんてなさそうなのに。

「昔、スポーツやってたのでそれなりには」

「スポーツ？　なんの競技を？」

「まあ、たいしたことじゃないから」

答えを濁されて、余計な質問をしてしまったと後悔した。昨日会話が弾んだからって、友人でもなんでもないのだし。

「すみません」

「いや、大丈夫。尾関さんも出かけるんですか？」

「私はスーパーに。冷蔵庫がすっからかんで」

「俺も帰りに寄らないと」

彼がそう言いながらエレベーターに向かって歩き始めたので、私もついていく。

「お料理されるんですか？」

「簡単なものだけね。自分のために凝った料理なんて作る気にもなれないし。って、そもそも作れないんだけど」

完璧そうに見える彼でも、同じようなことを考えていると知り、少し安心した。

マンションを出たあとも同じ方向で、しばらく肩を並べて歩く。

少し前にオープンしたカフェがにぎわっており、自然と目が向いた。

「やっぱり人気店だな」

沖さんが漏らす。

「ご存じなんですか？」

「会社の近くにもあって、時々コーヒーを飲みに行くんですけど、いつもこんな感じですよ」

『プレジール』というカフェが、チェーン店だとは知らなかった。

「あ……」

入口の黒板スタンドに、エッグベネディクトのイラストが描かれているのに気づいて声をあげる。

「どうかしました？」

「さっきテレビでエッグベネディクトを紹介してて、食べたことがないから食べてみたいなと思ってたんです」

本当は、こんなの作れたら男性にモテるだろうかと考えたのだけれど。

「俺もないかも」

絶対に彼女がいると踏んでいた彼からの返事は意外だった。こういうおしゃれなカフェでデートしたりはしないのだろうか。

久しくデートというものをしていないため、最近のお付き合いの仕方がわからない。

「仲間ですね。時代に乗り遅れそうで。……って、エッグベネディクトって最近のものですっけ？」

「それは難しい質問だ」

流行に敏感そうな沖さんが腕を組んで大げさに言うので、笑ってしまう。

「食べてみたいんですけど……おひとりさま、いないですね」

大きな窓の向こうの店内は、土曜ということもあってかカップルだらけだ。

「平日はおひとりさまも多いですよ。俺もそうだし。でもたしかにこの雰囲気の中、コーヒーだけならまだしも、ひとりでエッグベネディクトを食べる勇気はないな。迷惑じゃなければ一緒にどうですか？」

思いがけないお誘いに、目が真ん丸になる。

もちろん、そういう意味で言ったわけではなく、こんなキラキラした場所にひとりで足を踏み入れるのが怖いということだったのだけど。

「迷惑なんてとんでもないです。沖さんこそ、私に付き合うなんてご迷惑では？」

「迷惑なら誘わないですよ。市場調査というか……。クライアントと話をするときに、世間で話題になっているものを知らないと困ることもあって。……それで、エッグベネディクトって、最近流行してるんですっけ？」

「それは難しい質問ですね」

同じように返すと、彼はおかしそうに白い歯を見せた。

これほどリラックスして会話できるのは、祖母に幸せな時間をくれた彼が優しい人だと知っているからかもしれない。

「来週はどうですか？　予定あります？」

社交辞令じゃないんだ……と驚いたものの、世界を広げるにはいい機会かもしれない。同僚からのお誘いは断っているので少々胸が痛いが、楽しそうで出不精の私の心も弾む。

「真っ白です」

「真っ白って……」

彼は楽しそうに頬を緩める。

『特に予定はありません』と伝えればよかったのに、真っ白だなんて……。暇を持て余していると誤解されそうな言い方をしてしまった。嘘ではないので、いいのだけれど。

「俺もジムに行くくらいで真っ白だから、来週の土曜はどうですか?」

「ぜひ、お願いします」

この調子では、彼女はいないようだ。いたら誤解されそうな行動は慎むだろうし。

逆に言えば、私にもそういう相手がいないと知られただろう。

恋が始まったりしないかしら?なんて期待もあるけれど、眉のないすっぴん姿を見られたことを思い出し、〝現実を見ろ〟と自分を戒《いまし》めた。

それから連絡先を交換して、別れた。

沖さんのメッセージのＩＤを知っただけで、こんなにうきうきしている自分が信じられない。

人とかかわることが面倒になりつつあったのに、来週の予定が楽しみなんて。

祖母を亡くしてから、こんなふうに思うのはきっと初めてだ。

休日も、せめて眉くらいは描こう……。

出かける予定のない休日は、メイクもしない。でも、万が一沖さんに会ったときにだらしない人だと思われたくない。

眉だけじゃダメか……。

同僚の充実したＳＮＳの写真を思い出してため息をついた。

休日明けの月曜は、雲ひとつないよい天気だった。残暑が厳しくて電車に乗るだけで溶けてしまいそうだ。

都心にある会社までは、乗り換えなしで三十五分。それですら憂鬱だけれど、郊外に家を建てた五十代前半の所長は一時間半近くかかるそうなので、恵まれているほうだろう。

満員の電車に揺られ、汗のせいでブラウスが肌にまとわりつくのが不快で仕方がない。

駅から徒歩五分の会社が入るビルに到着したときには、すでにへとへとになっていた。

「ああ、人に酔った……」

ぐうたら過ごした土日とのギャップがありすぎて、月曜は大体こうだ。それでも生活のためには仕事をしなければ。

ハンカチで額の汗を拭いながら、五階に入居している会社に駆け込んだ。

我が社はリース会社としては小規模で、本社と営業所合わせて五カ所のみ。法人向けのカーリースをメインに行う。売り上げのほとんどを、社用車のリースが占めている。

メンテナンスも請け負っているため、トラブル時の電話対応もあり、そのクレーム処理が私ばかりに回ってくるのが最近の悩みの種だ。

この営業所のトップは所長で、営業担当の男性が八名いる。様々な契約書の作成やメンテナンスの手配などは、私を含めた六名の事務職が担当しており、全員女性だ。

事務職は、育児休暇中の三十一歳の先輩が一番年上で、その次が私になる。今は先輩がいないため、私が責任者として引っ張らなければならず、少しプレッシャーを感じている。

「おはようございます」

「おはよ」

挨拶を返してくれた所長の目が心なしか死んでいるのは、やはり通勤ラッシュにやられたのかもしれない。

「ああ、そうだ。尾関くん」

所長に呼ばれて、バッグを適当に置いてから向かう。

「なんでしょう」

「尾関くんが作ってくれた見積書のフォーマットがすごく評判よくて。ほかの営業所でも使いたいという声が出てるんだけど、いいかな？」

以前使っていた見積書が使いにくくて、所長に許可を得て変更してみたのだが、それが認められたようだ。

「もちろんです。使っていただけるなんて光栄です」

余計な仕事ではあったけれど、頑張った甲斐があった。

「それじゃあ早速連絡しておくよ。いろいろ気づいてくれるから、本当に助かる」

「恐縮です」

　私は会釈して、自分のデスクに戻った。

「尾関さん、おはようございます」

　いつも始業時間ギリギリに滑り込んでくるふたつ後輩の児玉さんが、珍しく私より先に出社しているうえ、見るからにテンションが高い。

「おはよ。なんかいいことでもあった？」

「わかります？　実はできたんですよ、彼氏」

　彼女は私の耳元でささやいた。

　それで元気いっぱいだったのか。でも、元彼と別れてから、まだ半月くらいしか経っていないような……。

「だから、ネイルも新しくしちゃいました。もっと自分磨きしなくちゃ」

「そっか。おめでとう」

　そのくらいの熱量で仕事にも励んでほしい。彼女は電話対応が嫌いで、ほかの仕事をしている振りをしてなかなか出てくれないのだ。

　それにしても、自分磨きと言われると耳が痛い。今日は眉を描いてきたものの、ネイルもしていなければ、髪もひとつにまとめただけだ。

「コーヒー淹《い》れるね」

もうすぐ皆そろうはず。

部屋の片隅に置いてあるコーヒーメーカーで、人数分のコーヒーを淹れる。誰でもいつでも自由に飲めるようになっているのだけれど、朝だけはこうして誰かが準備するのだ。

所長には砂糖もミルクもつけて……。

全員の好みも把握済みで、必要な数の砂糖とフレッシュもお盆に用意する。

始業十分前になると、もうひとりの後輩が手を貸してくれた。

始業前から電話が鳴り、児玉さんが珍しく対応している。彼氏ができて頑張る気になったのならとても助かる。

「尾関さん」

「ん？」

お盆にコーヒーをのせていると、児玉さんが呼ぶ声がして振り返った。

「お電話です」

「私に？　どこから？」

「……それが、リースした車が動かないといきなり怒鳴られて、どこからかはわかりません」

なだめて相手の名前を聞き出すのも仕事でしょう?

「私を指名されたの?」

「そういうわけでは……。クレーム対応は尾関さんがお上手なので」

単に嫌な仕事を押しつけようとしているのだと知り、ため息が出そうになってこらえた。『怒鳴られるのが嫌なので』と正直に言ってくれたほうがまだましだ。

いろいろ言いたいことはあったものの、待たせては怒りが増長すると思った私はすぐに電話に出た。

「お待たせして申し訳ございません。お電話代わりました。尾関と申します」

『遅い! 待たせるな』

「申し訳ございません」

受話器片手に頭を下げる。

「お車が動かないようですが、エンジンがかからないということでよろしいですか?」

『そう言っている!』

児玉さん、どこまで聞いたのよ……。

「バッテリー上がりかもしれませんね。すぐにロードサービスを派遣いたします。会社名とお名前、車のナンバーをお伺いできますでしょうか?」

定期点検時にバッテリーの残量もチェックするけれど、ライトをつけっぱなしにしたなどのミスはある。そのため、バッテリー上がりは珍しくない。

なんとか会社名を聞き出し、契約状況をすぐにパソコンで調べると、眉間に深いしわが寄った。

「申し訳ございません。御社の契約をお調べしましたが、ロードサービスは対象外でして」

ロードサービスもオプションとしてつける会社がほとんどだけれど、経費節減のために外す会社も当然ある。その会社だったのだ。

『それじゃあ、どうしろというんだ！　こっちはアポがあるんだよ！』

怒声が鼓膜を激しく揺らすので、少し受話器を遠ざけて話を続けた。

「御社のご担当は総務部のようですので、総務部にお問い合わせください。別のロードサービスを契約されているかもしれません」

『はっ？　すぐ来いよ！』

「それでは手配いたします。契約外ですので、バッテリー上がりの対応の場合、二万五千円。交換となりますとバッテリー代も別途、前払いでお支払いいただきます」

担当部署まで教えたのに、こちらに非があるような言い方で怒鳴り散らすだけの人を相手にしていると、どんどん冷静になってくる。

『そんなに払えるか！　この、能無しが！』

ようやく事態を呑み込めたらしい相手は、怒鳴るだけ怒鳴って電話を切った。

アポイントがあって焦っているのはわかるが、落ち度もないのに罵倒《ばとう》されるいわれはない。

調べたところでは該当の車は先月点検したばかりで、バッテリーも問題なかった。間違いなく自分でなにかやらかしたのだろう。

「尾関さん、どうなりました？」

児玉さんがおそるおそる話しかけてきた。彼女に言いたいことが山ほどある。

「うん。一応解決したかな？　私でなくても児玉さんでも対応できるお話だったと思うけどな」

「でも、尾関さんのほうがクレーム対応うまいしぃ」

まず語尾を伸ばさない！

そう口から出てきそうになったけれど、ぐっとこらえる。小さな営業所なので、ギスギスした雰囲気になるのもよくないからだ。

「やらないとできるようにならないから、今度は頑張ろうね」

責任者として一応釘を刺さなければと思ったけれど強くは言えず、作った笑顔で伝えると、彼女は渋々うなずいた。

ああ、私にもっと勇気があったなら……。少しくらい気まずい空気が流れても飄々《ひょうひょう》としていられるくらい心が強ければ、思いきり雷を落とせるのに。

そもそもクレームの対応を引き受けたって、ストレス手当なんて出ないのだからやりたくない。

「尾関さん、すみません。例の契約書は……」

ピリピリした空気を読んだらしい二十四歳の営業の花本《はなもと》くんが、腰を低くして尋ねてくる。

「できてるよ。ちょっと待ってね」

私がデスクの引き出しをガサゴソし始めると、彼はホッとした顔を見せた。以前児玉さんに急ぎの契約書を頼んだのに、期日までに間に合わなかったことがあるからだろう。

「はい、これ」

「さすが、神！」

あのキーホルダーを私の鍵に無理やりつけたのは、彼だ。

「はいはい」

私は軽く流した。

「つれないですね。キーホルダー追加しましょうか。今度は〝仏〟なんてどうでしょう」

そもそもあのダサいキーホルダーはどこで手に入れるのだろう。もちろん、欲しいわけではないけれど、単純に気になる。

「いらないわよ」

「えー、神は気に入ってつけてたじゃないですか」

面倒で外してなかっただけなのに、気に入っていたと思われてるの？

「もう外したよ」

すぐに外すべきだった。そうしたら沖さんに見られなくて済んだのに。

でも、あのキーホルダーのおかげで鍵が見つかったような気もするし、複雑だ。

「なんだぁ、残念」

「急いでるんでしょ？」

「あっ、そうだ。行ってきます」

花本くんは、慌ただしく出ていった。

それからはたまっていた書類の打ち込みに精を出したものの、気が滅入ってキーボードを叩《たた》く手が止まる。

能無し、能無し……。

自分は悪くないとわかっていても、否定的な言葉は胸に刺さるものだ。月曜の朝から最悪な経験をして、ため息が漏れる。

占い、当たってるかも……。

家に帰ってビールが飲みたい。

まだ始まって三時間も経っていないのに、早くも心が折れそうだ。

けれど、今週を乗り切れば、エッグベネディクトが待っている。ううん、沖さんとまた会える。

休日は誰にも邪魔されたくないと思っていたのに、そんなふうに思う自分に少し戸惑う。でも、沖さんと話すのは楽しくて、会えるのが待ち遠しいのだ。

まるで恋でもしているかのような自分の心の弾み方に驚きつつ、再びキーボードに手を伸ばした。

素朴な彼女　Ｓｉｄｅ沖

鍵をなくして困っていた隣人が、以前、俺が勤めるスポーツ用品メーカー、レーブダッシュのスニーカーを買ってくれた女性だとわかったときは、かなり驚いた。

尾関万里子と名乗った彼女は、初めて会ったときの礼儀正しい印象とはまるで異なり、少々ルーズな服装に大きめの黒縁眼鏡。艶《つや》のある髪は適当にざっくり結われていて、風呂上がりのよう。おそらく、部屋でくつろいでいるときの恰好だった。

プライベートではひとりを好む俺は、近所付き合いもしないし、友人を家に招くこともほとんどない。このマンションに来るのは、同僚で親友の浅海《あさみ》くらいだ。

だから隣の住民が女性だということしか知らず、知り合いだったという偶然に驚いた。

彼女に初めて会ったのは、レーブダッシュの商品を数多く展開してくれているスポーツ用品店だった。

俺は営業統括部に所属しており、スポーツ選手とのスポンサー契約を結んだり、現場から吸い上げた声を反映した商品開発を促したりするのが主な仕事となる。

売り上げの大きなその店は、普段はリテール営業部の担当者が訪問しているのだが、その日はお願いしてあった市場調査のアンケートを回収するために赴いていた。

店頭で八十代後半くらいに見える、杖を持ったおばあさんの足に何度もスニーカーを履かせている女性――尾関さんに気づいた俺は、何気なくふたりの様子を目で追っていた。丁寧に、そして優しく、おばあさんの面倒を見ている尾関さんに好感を抱いたからだ。

何足も並べて履かせては立たせてみているものの、おばあさんの顔は曇るばかり。足の骨が変形しているのか、痛みがあるのだろう。

『おばあちゃん。でも、今のこの靴も痛いんだよね？　外に出られなくなっちゃうよ』

『もういいのよ。家で過ごせば』

『私、おばあちゃんと一緒にお散歩したいよ。あの時間、すごく楽しみなんだから』

尾関さんが励ますように言うも、あきらめたように肩を落とすおばあさんは、このままでは本当に外出をあきらめてしまうかもしれない。

そんなふうに思った俺は、ふたりに声をかけてフィッティングの手伝いをした。

トップアスリートのためシューズも製作しているレーブダッシュでは、オーダーメイドのノウハウがある。その計測にも何度も立ち会っていて、それなりの知識があったからだ。

完全オーダーとなるとかなりの価格になるため、中敷きで調節できないかと試してみることにした。ちょうどその店には、サイズを細かく測れる測定器があったのも幸いして、ウォーキングシューズとしてよく売れているスニーカーと、特注の中敷きでなんとかなりそうだとわかった。

そのときの尾関さんのうれしそうな表情は忘れられない。自分のシューズではないのに、ここまで真剣になれる彼女は優しい人なのだろうと察した。

その後、リテール営業部の担当者が、スポーツ用品店の店長から手紙を預かったと俺のところにやってきた。それは尾関さんからだった。

【親切な店員さんへ
何度かお礼に伺ったのですが、お会いできず手紙を託すことにしました。

祖母が散歩に行けるようになりました。

足を痛めてから沈んでいたのですが、外の空気に触れて笑顔を取り戻しました。本当にありがとうございました】

どうやら俺をあの店の店員と勘違いしていたらしい。

手紙はアルバイトの女性に託されたようで、店長も尾関さんと話したわけでなく、俺がレーブダッシュの人間だとは伝わらなかったようだ。

こんなふうに手紙をもらったのは初めてで、それからずっと大切にしまってある。

その彼女に再会できるとは思ってもおらず、またあのときとは雰囲気がまるで異なる彼女にすぐに気づけなかった。

せめて眼鏡でなければ、もっと早く気づいただろうに。

すっぴんだった彼女は、俺がまじまじと見ると嫌がったが、俺は再会がうれしかった。

ただ、残念なことに、おばあさんは亡くなったという。

そう告白した尾関さんの顔がゆがんで、彼女は本当におばあさんを大切にしていたのだなとわかった。

俺の祖父母はすでに亡くなっているが、幼い頃はまだしも、成長してからあまり顔を合わせた記憶もない。特に就職してからは自分のことで精いっぱいで、一度も会いに行かないまま、亡くなってしまった。

周囲にも祖父母の面倒を見ている人なんておらず、それが普通だと思っていたのだが、尾関さんを見て、せめて顔を出して話し相手くらいにはなるべきだったかもしれないと後悔までしたのだった。

そんな彼女と翌日また顔を合わせて、カフェに行く約束までした自分が信じられなかった。

もう三十四歳になり周囲からは結婚を勧められる歳になっているが、まったくその気はなく、最後に女性と付き合ったのはもう十年以上前になる。

そのときの出来事がきっかけで、結婚もしなくていいと思っているし、誰かとプライベートで交流を持つことにも消極的になった。

それなのに、尾関さんとはもっと話がしてみたいと思ったのだ。

見栄など張らず、正直にエッグベネディクトを食べたことがないと告白するのも好印象だった。

俺も流行には鈍感で、どれだけ時代遅れと言われようが、気に入ったものを購入する。彼女のおばあさんに薦めたウォーキングシューズもそのうちのひとつだ。かなり昔からある定番のシューズで、俺自身が気に入って愛用しており、履き心地からデザインに至るまで自信をもって薦められる。

それを気に入り、自分の分まで購入したとうれしそうに語った尾関さんとは気が合いそうだと感じた。

「坂田《さかた》、資料は進んでるか？」

「はい。でも、まだ完成してません」

月曜の朝は、営業統括部の全員が勢ぞろいする。

リテール営業部から引っ張ってきた二十六歳の坂田は、成績優秀で重宝されていたが、ここでは完全に新米扱い。仕事で求められるスキルが一段階も二段階も上がるため、優秀な彼も挫折の連続らしい。

そんな彼の指導を、この部の部長を務めている浅海から任されている。

「水曜までだぞ。困ったことがあればどんどん聞いてこい」

「お願いします」

彼は今、とあるバドミントンの選手と用具契約について話を詰めている。まださほど注目されてはいないけれど有望株で、ラケットとシューズを提供し、試合で着用してもらうのが目的だ。もちろん、よい成績を残せば大きな宣伝となる。

まだ実力が認められる前の選手を青田買いして、用具を提供したり遠征費を補助したりし、広報の一端を担うのがこの部署の重要な役割で、選手やチームとの交渉は日常茶飯事だ。

過去に俺が目をつけた競泳の選手がめきめきと頭角を現し、オリンピックのメダリストになったこともあった。その選手の活躍のおかげで、ほかに広告費をかけずとも、水着やゴーグルが飛ぶように売れた経験がある。

あこがれの選手と同じものを使用したいという子供たちは多い。

俺自身も以前バスケットをしていたが、海外の有力選手と同じシューズを履いていた。もちろん自分の足に合っていたというのは大きいし、それで成績が伸びるわけではないのだが、いつか同じ舞台に立つのだと気持ちが入るのだ。

坂田の進捗を確認したあと契約選手の成績を調べていると、浅海がやってきた。彼はずっと二人三脚でやってきた戦友でもある。

「お前、今日気力がみなぎってない？」

「いつもと同じだけど？」

「そうかなぁ。なんかいいことあっただろ」

観察眼の鋭さを発揮するのは、仕事だけにしてほしい。

尾関さんに再会できて心が弾んでいるのを知られたくなかった。『女はいらない』と言い続けてきたからだ。

「別に。いつもより少し重めのベンチプレスを上げられたくらいだ」

といっても、アスリートやボディビルダーのように筋肉をつけたいわけではなく、体がなまらない程度にジムに通っているだけなので、たいしたことはない。スポーツ万能な浅海でも上げられるかもしれない。

「ほんとにそうか？」

浅海が怪訝《けげん》な目で見てくるけれど、気になっていた人に再会できただけの話だ。

「仕事の邪魔だ」

「はいはい。それじゃあ、またゆっくり」

あきらめの悪い浅海は、そう言い残して離れていった。


その日は坂田の資料作りを手伝っていたら、帰宅が少し遅くなってしまった。

コンビニで弁当と、バスケ選手だった頃の癖でたんぱく質が多く摂取できるヨーグルトもカゴに入れる。ほかに野菜が不足しがちなので、野菜ジュースも追加した。

レジに向かう途中でねぎ塩牛タンが視界に入り、手が伸びる。もともと好物なのだが、尾関さんがチューハイ片手にこれを食べている姿を想像して、なんとなく食べたくなった。

とはいえ、さすがに遅くなった今日は、アルコールはやめておいた。明日の目覚めが悪くなりそうだからだ。

ぎる。

暗い夜道をマンションに向かって進む。夜遅くに女性ひとりで歩くには、少し暗すぎる。

毎日のように通る道なのに、そう初めて思った。

もちろん、尾関さんのことを考えたからだ。

あんな無防備な姿でふらふらと歩いていては、いかれた男の恰好の餌食《えじき》になってしまいそうだ。

今度会ったときに、それとなく注意してみようか。いや、大きなお世話か……。

しばらくプライベートで女性と会話をしていないからか、どう対応するのが正しいのかまるでわからない。

いや、それより……こんなことを悶々《もんもん》と考える自分がおかしかった。仕事では即断即決タイプだからだ。

「どうしたんだろう、俺」

自分で自分がよくわからない。

家に帰って、唐揚げ弁当をレンジで温める。その間にスーツを脱いでジャージに着替え、特に見もしないテレビをつけた。なんとなく音が聞こえてこないと寂しいからだ。

大学進学と同時に実家を出て、三十四歳の今日までずっとひとり暮らしをしている。誰かと一緒に住みたいと思ったことはないし、むしろひとりのほうが自由で気楽だ。それなのに、なんとなく誰かの声を聞いていないと寂しく感じるというのは、おかしな感情だなと思う。

とはいえ、生活リズムをほかの人に合わせて崩れるのは嫌だし、プライベートに踏み込まれるのも好まない。テレビの音声くらいがちょうどいいのかもしれない。

「やば。温めすぎた」

温める目安はパッケージに書かれているが、細かいことを気にするタイプではないため、自動のボタンを押してしまう。そして毎回、温めすぎたと後悔する羽目になる。

仕事では坂田に『同じ過ちの繰り返しは、暇なやつがやることだ』とお灸《きゅう》をすえるくせに。

「暇なやつだな、俺」

俺は苦笑しながら、キッチンのタオルで容器をつかんでリビングの二人掛けのダイニングテーブルに運んだ。

この部屋は１ＬＤＫで、寝室にしている六畳の洋室と十二畳のリビングがある。リビングにはソファも置いているけれど、脱ぎ散らかした洋服の置き場になっているのが残念だ。

食べる前にコンタクトを外して眼鏡に替えた。

尾関さんの眼鏡姿が新鮮だったが、俺も同じか。

目の乾きを覚えるコンタクトから解放されるこの瞬間はかなり気持ちいい。しかし、視力の左右差が大きいため、コンタクトのほうが矯正しやすいのだ。あとはなんといってもずれたり曇ったりしないのが気に入っている。

早速食べ始めたものの、温めすぎたのもあり、唐揚げにカリカリ感がまったくない。野菜炒めがようやく作れる程度の腕前では、揚げ物なんて命がけになるので、贅沢は言えないのだが。

だったら外で食べてくればいいのだけれど、仕事が終わったら一刻も早くスーツから解放されたい。

なんでネクタイなんてしないといけないんだろう……。

そんなくだらないことを考えながら食べ進んだ。

ヨーグルトもしっかり胃に入れた頃、玄関のチャイムが鳴ったので驚く。しかも立て続けに何度も。

こんな時間に遠慮なく訪問してくるなんて浅海くらいしか心当たりがなく、なにかあったのではないかと焦ってドアホンを覗いた。するとそこには、眼鏡に部屋着姿の尾関さんがいる。

まさか、また鍵をなくした？

慌ててドアを開けると、彼女が部屋の奥を指さして「あ、あのっ」と声を大きくするので首を傾げた。

「雨が……洗濯物」

「あっ、忘れてた！」

カーテンを閉めたまま出社したため、洗濯物を取り込んでいないことなんてすっかり頭から飛んでいた。

バタバタと部屋の中に戻り窓を開けると、風が強いせいか雨が斜めに差し込んでいて、洗濯物が少し濡れている。

とはいえ、この程度なら室内で乾かせばセーフだろう。

すべて取り込んで再び玄関に向かったものの、すでに尾関さんの姿はない。

俺は隣の部屋のチャイムを鳴らした。

尾関さんはすぐに出てきてくれた。眼鏡のリムをかすかに上げた彼女は、うつむき加減のままだ。

もしかしたら、メイクを落としているからだろうか。誰かに会うには、男にはわからない準備が必要だったのかも。いや、夜遅く異性が部屋を訪ねるなんて警戒されても仕方がない。配慮が足りなかったと反省した。

「急にすみません。すごく助かったからお礼を」

「とんでもない。私も忘れてて、雨の音がしたので慌ててベランダに出たら、タオルがちらっと見えて……。だ、断じて下着は見てませんから！」

彼女がほんのり頬を赤らめながら後半を強調するのでおかしくなった。それで目を合わせてくれないようだ。

「あはは。見られても困らないから平気」

「ですから、見てないですって！」

そう言いながら、なぜか自分の顔を両手で隠す彼女がおかしい。

なんというか、素朴な人だ。もちろん悪い意味ではなく、自然体でこちらも肩に力が入らないというか……。彼女の前では、俺も気取らなくていいと思える。

「とにかく、すごく助かりました。ありがとう」

もう一度軽く会釈をして離れたものの、ふと振り返る。

両手を下ろしていた尾関さんは驚いたような顔をしていたが、俺は口を開いた。

「忘れてた。おやすみなさい」

「お、おやすみなさい」

俺が自分の部屋のドアを閉める前に、彼女の部屋のドアが閉まる音がした。

やっぱり恥ずかしかったのかもしれない。

そういえば、連絡先を交換したのだから、それで教えてくれたらよかったのに。慌てたんだろうな。

そんなことを考えると、勝手に頬が緩んだ。

久しぶりのときめき

「もー、月曜でも飲んじゃう！」

朝からクレーム処理を押しつけられたうえ、児玉さんがうまく逃げたせいで、十九時まで残業をして家に帰った私は、冷蔵庫からビールを取り出してプルタブを起こした。

プシュッという炭酸が抜ける音がして、テンションが上がる。

キッチンで立ったままグビグビと喉に送ると、マグマが噴き出しそうになっていた心が少しだけ冷えてきた。

自炊も時々しているけれど、今日はとてもそんな気になれず、駅前のスーパーで総菜を買ってきた。

メニューはきんぴらごぼうと半額になっていた酢豚だ。朝、炊飯器をセットしておいたおかげでご飯だけはある。

お腹の肉も気になるのでダイエットしなくてはと思いはするけれど、食べ物とビールの誘惑に連日負けっぱなしだ。

「この酢豚、ビールに合うねー」

皿に出すのすら面倒でトレーのまま食べ始めたが、こういうことが気兼ねなくできるのも、ひとり暮らしの醍醐味《だいごみ》だ。

バラエティ番組にチャンネルを合わせたものの、流れてきた自動車保険のＣＭが仕事を連想させたため、報道番組に変更した。

「ああ、もう最悪」

バッテリー上がりのクレームの件を思い出してしまい、気分が悪い。

勘違いや間違いは誰にだってある。そのせいで怒鳴られるのは百歩譲って許すとしても、過ちに気づいたら謝罪すべきだと思う。いや、あの威圧的な物言いでは、千歩譲っても許したくないけれど。

言い返せればすっきりする。しかし、クライアント相手にそれもできないので、こらえるしかない。

社会ってつくづく理不尽だと思う。対価をもらっている側は、なにがあっても我慢の連続なんて。営業担当者も頭を下げてばかりのはずだ。

今日怒鳴ったあの人も、営業先では誰かに頭を下げているのだろう。そう考えると、自分が底辺の人間に思えて、余計に気が滅入った。

らだ。

ダメだ。忘れよう。

二本目のビールに手が伸びたものの、自重して日本茶を淹れた。悪酔いしそうだか

渋み控えめのこの煎茶は最近お気に入りで、よく飲んでいる。

食事の片づけをしたあとシャワーを浴び、髪をドライヤーで乾かす。これが面倒で濡れたまま寝てしまうこともあったものの、美容にくわしい児玉さんに『傷むから絶対にダメです！』と叱られて、それからは乾かすようになった。

ベッドに寝転び、スマホを手にしてニュースをチェックし始めた。先ほどテレビで報道番組を見ていたのに、イライラしていたからかまったく頭に入らなかったのだ。

「結婚するんだ……。って、もう三十六歳なの？」

トップニュースに、とある有名女優の結婚の話題が取り上げられている。

透明感のあるみずみずしい肌のせいで、二十八歳の私と同じくらいの年齢だと思い込んでいたので驚いたが、体や顔にかけるメンテナンス代も時間も私とはけた違いなのだろう。

結婚、か……。

この歳になると同級生たちの既婚率がかなり高くなる。三十歳前にはと思う人が多

いようで、学生時代の友人の何人かが、最近またバタバタと結婚した。

世間からすると〝売れ残り〟になりつつある私だけれど、まったく焦ってはいない。浮気をした父と母の言い争いをしょっちゅう見ていたので、結婚に積極的になれないのだ。

あんなふうに裏切ったり裏切られたりするくらいなら、最初からパートナーなんていらないのではないかと考えてしまう。

父と母が出会わなければ私はここに存在しないとわかっていても、あの修羅場のすさまじさを思うと、私はいなくてもよかったんじゃ……と自分の存在を否定しがちになる。私がいなければ、母はもっとあっさり離婚に踏み切れただろうからだ。

その一方で、父の裏切りに苦しんだはずの母がもう一度恋に落ちて再婚したのも事実で、家族を持つという行為には大きな魅力があるのかもしれないとも思う。

とはいえ、この自由なおひとりさま生活は捨てがたく、恋をしてドキドキしてみたいという気持ちはあるものの、旦那さまとひとつ屋根の下で暮らせるかという不安は拭えない。

「皆、どうしてるんだろ……」

眉なくても平気？　休みの日は、十時まで寝てても怒られない？

ものすごくレベルの低いことで悩んでいる気がした私は、結婚について考えるのをやめた。そういう相手ができてから悩めばいいのだから。

「パックしよ、パック」

とりあえず年齢相応に見えるようにはしておきたいと、時々しかしないシートマスクに手を伸ばした。

マスクを顔にのせて十分。そろそろ外そうと思ったところで、パラパラという音が聞こえだした。雨が降ってきたのだ。

今朝チェックした天気予報に、天候が不安定でゲリラ豪雨に注意とあったが、当たったのかもしれない。

カーテンを開けて外の様子をうかがうと、顔が青ざめた。洗濯物を取り込むのを忘れていたからだ。

「やば」

ひったくるように洗濯物を取り込んでは部屋の中に投げていく。

風が強くなってきたせいか雨が降り込んできて、少し濡れてしまった。

なにか白いものが見えた気がしてふと沖さんの部屋のベランダに目をやると、タオルらしきものが風になびいている。

「濡れちゃう！」

帰ってきているだろうか。

私はマスクを取ってごみ箱に投げ捨てると、すぐさま隣の部屋のチャイムを鳴らした。

せっかく洗った洗濯物がびしょ濡れになり、洗い直しになるという経験を何度かしているが、いつも脱力する。もちろん洗ってくれるのは洗濯機だし干すだけだけれど、忙しいときは特にがっかり感が半端ない。

それを思い出した私は気持ちがはやり、チャイムを三度も鳴らしてしまった。

幸い在宅していた沖さんがすぐに出てきてくれて、「雨が……洗濯物」と、ベランダのほうを指さし文章にすらなっていない言葉を発すると、目を見開いた彼はすぐに部屋の奥へと走っていった。

ひとり残されどうすべきかと一瞬迷ったけれど、用は済んだ。そそくさ自分の部屋に退散し、乳液をつけ始める。

またすっぴんをさらしてしまったが、マスクを外すのを忘れなくてよかった。あのまま行ったら、完全におかしな人認定されるところだった。

「落ち着きないよね、私……」

鏡の中の自分に問いかける。

仕事ではそうでもないのに。会社員という仮面を外すと、どうしていいかわからなくなるのだ。特に相手が男性だと、圧倒的に対人スキルが足りない。

そんなことを考えていると、沖さんがわざわざお礼を言いに来てくれた。意気揚々と出ていったのに、すっぴんに部屋着だと我に返ってからは、また彼の顔を直視できなくなる。

気まずくて眼鏡に盛んに触れていたが、そういえば彼も眼鏡姿だった。黒縁の大きな眼鏡の私とは違いメタルフレームなのでさほど印象は違わないが、皆家ではそういうものなんだと勝手な解釈をして少しホッとした。

しかし、ベランダの隔て板越しに彼の部屋を盗み見ていたと誤解されてはたまらないと慌ててした言い訳が、『断じて下着は見てません』だったときは、自分でもあきれた。そんなことが言いたかったわけではないのに。

突発的であったとしても、クレーム対応は落ち着いてできるのに、プライベートだとうまくいかないのはどうしてだろう。

恥ずかしくてたまらず顔を手で覆っていると、沖さんはもう一度お礼を言って離れていく。

けれどふと振り返った彼が、『おやすみなさい』と付け足してくれたとき、恥ずかしさと同時に胸が温かくなった。

思いがけず沖さんに会えたからか、翌日にはクレーム処理で折れていた心が整っていた。


その週の木曜は、朝から書類の山と格闘していた。新規契約と契約更新が重なり、営業からかなりの数の契約書作成を頼まれたからだ。作るだけなら簡単なのだが、各得意先ごとに契約内容に間違いがないかを確認する作業は慎重に進めなければならず、かなり神経を使う。

いくつか後輩にも仕事を振ろうとしたものの、皆がそれを察して目を合わせなくなったので躊躇《ちゅうちょ》した。責任者であれば、それでも振り分けるべきだっただろうけれど、嫌な雰囲気になるよりは自分で……と思ってしまったのだ。

結局、快く手を挙げてくれた後輩だけに頼った私は、きっとリーダー失格だ。

忙しいうえ、責任者としての自分の能力のなさに落ち込み、ため息が出そうになる。人材をうまく使うというのは、思いのほか難しい。仕事の能力と、責任者として後輩をまとめる能力は、まったく別物だとひしひしと感じている。

「尾関さん、今日のランチここにしません？」

時間に余裕がある児玉さんが、私にスマホを見せてくる。

いつもランチは会社近くの店で済ませることが多いのだけれど、時々彼女が気になるお店を提案してくるのだ。

しかし、書類が山積みになっているのを知っているくせしてさすがに無神経だと、内心むっとする。

ため息をこらえてスマホをちらりと覗くと、自然食のお店だった。

季節の有機野菜をたっぷりと。そして雑穀米と豆腐ハンバーグがワンプレートに盛られたそれは、美容や健康に気遣っている感がありありと出ていて、児玉さん好みなのもうなずけた。

「尾関さん、ちょっと肌が荒れてますよ。もう少し美容に気を使ったほうがいいですって」

ごもっともな意見ではあるけれど、肌荒れは絶対にストレスも原因のはず。そのストレスの元になっている彼女に言われるのは、さすがにごめんだ。とはいえ、あからさまに怒りをあらわにする勇気もなく、表情を凍らせるので精いっぱいだった。

「まだ仕事が残ってて。私はパス。ごめんね」

今の私にはかしこまった顔をして、上品な笑みをたたえながら有機野菜を口に運ぶ余裕がない。ビール片手にねぎ塩牛タンが食べたい気分なのだ。

「えー。ビタミン摂らないと。尾関さん、最近むくみ気味ですし」

鋭い指摘をされたものの、反応するのも嫌になり、「皆で行ってきて」とひと言だけ返しておいた。

その後は黙々と契約書の作成をしていた。

忙しくても、こうしてひとりでパソコンに向かっている時間は嫌いではない。没頭していれば余計な声もかけられず、周囲に気を配る必要もないからだ。しかし、新入社員ならそれでもよいけれど、後輩を引っ張る立場になった今は、もう少し仕事のやり方を考える必要があるかもしれない。

手が空《あ》いたらしい児玉さんともうひとりが、コーヒーを淹れてくれた。

「所長、そろそろ休憩いかがですか？　所長が倒れたら、ここは回りませんから」

「ちょうど飲みたいと思ってたんだよ。至れり尽くせりだね。ありがと」

「いえいえ。いつもお疲れさまです」

にっこり優しい笑顔を添えて所長のデスクに運んだ児玉さんが、大げさに褒められている。

私だって所長にコーヒーを淹れることくらいあるけれど、気の利いたことなど言えないせいか、顔も見てもらえないまま『ありがとう』で終了だ。

世渡りがうまくないんだろうな。

あんなふうに愛くるしい笑みを浮かべる児玉さんも、女子社員だけになると所長への愚痴をよく漏らしている。

他人とかかわるのはなかなか面倒だ。時と場合によって好き嫌いを変えなければならないのだから。

私は所長を特に嫌いなわけではなく、もう少し話を短くしてほしいと思う程度。けれど彼女たちの集団にいるときは、愚痴に同調している様子を醸し出しておかなければ、平穏な社会人生活を送れなくなる。

自分の信念を貫き通し、周囲の意見などものともしない孤高の存在にあこがれるけれど、現実はそうはいかない。

ただし、孤立したくないからといって、思ってもいない悪口を自分からは口にしないようには気をつけている。


なんとか定時で仕事を終えて、事務職三人で会社を出た。

「尾関さん、土曜に時間ありませんか？」

駅まで歩く道すがら、児玉さんに尋ねられた。

「なんで？」

「男の子たちと三対三で遊ぶ予定なんですけど、友達がひとり来られなくなっちゃって」

もうひとりの生駒《いこま》さんには彼氏がいるので、私に白羽の矢が立ったようだ。でも……。

「彼氏できたんじゃないの？」

最近そう聞いたはずだ。

「彼氏は彼氏ですよ。もっといい人がいるかもしれないじゃないですか。そろそろ、結婚も考えたいし」

まさかの発言に眉をひそめそうになる。

「彼氏とは結婚を考えないの？」

「うーん。顔は好みだからデートするのはいいんですけどね。もうちょっと収入のある人がいいなと思って。今度の相手、商社マンですよ」

悪びれもせず言う児玉さんに目をぱちくりさせる。

たしかに、結婚するならお金持ちのほうが生活の苦労はないだろう。でも私は、そんなふうに割り切れない。会話が弾むとか、趣味が合うとか……そっちのほうが大切でしょう?

……なんて、三十歳を目前にして夢ばかり見ている私は、痛いのだろうか。

結婚相手には、愛だの恋だのという感情より経済力を求めるべきだ、というのは、父の不倫のせいで家庭が壊れた私のほうが持ちそうな感情だ。

でも、どうしても情熱的な恋へのあこがれを捨てきれない。

「随分現実的なんだね」

「当然です。尾関さん、燃え上がる恋みたいなのにあこがれてます? すぐに火なんか消えますから、信じちゃダメですよ。だから、行きましょうよ。商社マン」

夢見る少女だと思っていた彼女が意外なほどにドライなことに驚きつつ、首を横に振った。

「土曜は約束があるの。ごめんね」

沖さんとエッグベネディクトを食べに行く約束が最優先だ。

「約束? もしかして彼氏できたんですか?」

「違うよ、友達」

とっさに否定したけれど、彼氏どころか友達でもなく、ただの隣人だ。ひとりでカフェに行きづらい私に付き合ってくれる親切な人なだけ。

「なんだぁ。たまには尾関さんの恋の話を聞きたいのに。ほんとはいるんじゃないですか？」

彼女は私の心配をしているのではなくて、おそらくただの興味本位だ。

「いないけど？」

そう答えると、児玉さんの口の端がかすかに上がる。

人は自分より不幸な人を探して安心する生き物らしい。だから、私に相変わらず彼氏がいないことにホッとしたのだろう。

「そうですか。できたら教えてくださいね」

「そうね」

私はあいまいに笑っておいた。

「それじゃあ、生駒さん行こうよ」

私が断ると、児玉さんは驚くことに彼氏のいる同僚を誘っている。

「私は彼氏いるし」

「大学のときから付き合ってる例の彼でしょ？　あんな小さな会社に勤めてる人に満

足してないで、広い世界を知ったほうがいいよ。世の中にはもっといい男がいるんだから」

私は生駒さんの彼を知らないけれど、さすがに失礼ではないだろうか。会社の規模でその男性の価値を決めるなんてもってのほかだ。それに、長く付き合っているということは、生駒さんにとってその彼が〝いい男〟なのだろう。

困惑気味に表情を曇らせる生駒さんに助け舟を出したいところだけれど、長らく恋人がいないのに口を挟んでは笑われそうで、なんとなく尻込みしてしまう。

「私、本屋さん行くから、ここで。それじゃあまた来週」

私は軽く手を振ってふたりと別れた。罪悪感に押しつぶされそうで逃げたのだ。

助けてあげられないなんて情けないな。先輩なのに……。

とはいえ、仕事のことならまだしも恋の話は私にはハードルが高すぎた。

駅前の大きな書店に飛び込み、ファッション誌を手にする。

「ブランピュールだ……」

今月号の特集は、私が大好きなアパレルブランドだった。パラパラとめくると好みの洋服がたくさん載っていたため、迷わずレジに向かった。

目が輝くものの、眺めておしまいだ。

ブランピュールはパターンが秀逸で着心地がよく、丁寧に縫製されているため、長く着られる。しかし決してお安くないので、簡単には手が出せないのだ。家にこもってばかりいる私は、そんな洋服を奮発しても着る機会がない。タンスの肥やしになってしまう。

それでも、好みの洋服を見ている間は幸せホルモンが放出されるのか、ワクワクするしリラックスできる。

やっぱり、おひとりさまが最高だ。

そんなことを思いながら、帰宅の途に就いた。

沖さんとの初めてのメッセージのやり取りは、彼からだった。

【明日、十一時でどうですか？】という連絡に、ドキドキしてしまった。彼から誘われたのは夢だったかもしれないなんて、半信半疑だったからだ。

誰かとの約束をこんなに楽しみにしているのは私には珍しく、自分でも不思議なくらい。

なんと返したら正解なのか迷いに迷って【大丈夫です】とだけ返信した。

「送っちゃった」

〝楽しみにしています〟とか、気の利いた言葉を付け足すべきだっただろうか。

そんなことを考えてそわそわしていると、既読がついたので息が止まりそうになった。

【迎えに行きます】

すぐの返信に、くすっと笑いが漏れる。

迎えにって……隣なのに。

でも、恋人とのやり取りのようで、少し照れくさい。

「ダメダメダメ。ひとりでいいじゃない」

沖さんを必要以上に意識しては、傷つく未来しか見えない。堕落した生活を送る私を知っている沖さんとの恋のチャンスなんて巡ってくるはずがないのだから。

私はエッグベネディクトが食べたいだけ。

自分にそう言い聞かせて、暴走しそうになる気持ちを必死に抑えた。


休日の朝はいつも寝坊するのに、土曜は八時に目覚めた。カーテンを開けると青い空が広がっていて、自然と笑みがこぼれる。

今週はかなりきつい一週間だったにもかかわらず、すべて清算されたかのような晴れやかな気持ちになれたのは、やはり沖さんとの約束があるからだ。

すぐさま洗濯を始めて、顔も洗う。朝から念入りにパックしたのなんて初めてかもしれない。

シートマスクを顔にのせたまま、クローゼットを開いて洋服を出す。約束してから何度も試着して決めたのは、ピンクベージュのブラウスと白のパンツだ。

「やっぱりスカートのほうがいい？」

張りきりました！とわかるような服装も恥ずかしいし、かといってラフすぎるのもよくない。そう考えて決めたはずなのに、揺れる。

「しわしわじゃん、これ」

もうひとつの候補だった黒のミモレ丈スカートを引っ張り出してみたがしわだらけで、予定通りパンツに決定した。

トーストをコーヒーで流し込んだあと、ヨーグルトに手を伸ばす。しかし中蓋がうまく開かず、ため息が漏れた。

「よくない前兆とかじゃないよね。やめてよ」

占いが散々だったのもあり、心配になる。

こんなに気持ちがせわしなく上下するのは、いつ以来だろう。

私、ちょっと浮かれてるかも。

適当すぎる朝食を済ませたあと、コンタクトを入れてメイクを始めた。

メイクをするようになってもう何年も経つのに、いまだ眉がうまく描けない。微妙に左右対称でないけれどもう一度やり直してもきっと同じだ。

前髪で隠すことにして、いつもより念入りにメイクを進めた。

今さら取り繕ったところで、沖さんは私の素顔を知っている。とはいえ、少しはきれいに見せたいという女心があるのだ。

十一時の約束だったのに、十時には用意が整ってしまった。掃除でもしようかと思ったけれど、汗をかいてメイクが崩れるのは嫌だ。ベッドに寝そべって昨日購入した雑誌のページをめくった。

ダイエットするか……。

そう思ったのは、写真のモデルがあまりに素敵だからだ。私が同じ服を着ても、こうはならない。

祖母との散歩がなくなり運動不足なのと、ビールの飲みすぎのせいか、最近へその下の贅肉が少し気になるのだ。

そういえば沖さん、以前スポーツをやっていたと話していたけれど、なんの競技なのだろう。

尋ねたら濁されてしまったので改めて聞く勇気はないものの、気になる。

「サッカー、野球、バレー……」

メジャーな競技を思い浮かべる。彼ならなんでも似合いそうだ。

私は中学生の頃にソフトテニス部だったがまったく芽が出ず、たいした成績も残せなかった。だからとても〝やっていた〟なんて、他人には言えない。と思うと、沖さんはもっとレベルの高いところで切磋琢磨《せっさたくま》していたのかもしれない。

「ダイエットか……」

思えば祖母のためにと思ってしていた散歩が、私にはちょうどよかった。祖母と一緒だから三日坊主にならずに済んだのだ。ひとりで黙々とウォーキングなんてできる気がしない。

ストレッチくらいから始めるか……。

このガチガチに固まった筋肉をほぐさないことには、動いたらけがをしそうだ。

アルコールも減らしたほうがいいのだろうけれど、ストレスをどう発散するかが問題だ。

ストレッチの参考になりそうな動画を検索していたら時間が過ぎ、気がつけば約束の十五分前になっていた。

鏡をもう一度覗き、メイクがおかしくないかチェックする。

やっぱり眉が少し気になるものの、今から直してもっとひどくなったらお手上げだと思い、見なかったことにした。

五分前になると座っていられなくなり、狭い部屋を行ったり来たり。自分でも笑ってしまうほど落ち着かない。

大きく深呼吸したそのとき、チャイムが鳴って過剰に驚いてしまった。

ドアホンを確認すると、眼鏡姿の沖さんが立っている。慌てて玄関に行き、ドアを開けた。

「こんにちは」

にっこり笑う彼は、淡いブルーのオックスフォードシャツに細身のジーンズ。足元はあのスニーカーだ。細いのに胸板は厚そうで、やはりスポーツをやっていたんだと思わせた。

「こんにちは。今日はよろしくお願いします」

「いやいや。特にお世話をするつもりはないから、そんな挨拶はいらないですよ」

沖さんがそんなふうに言うので、笑みがこぼれた。

鍵を閉めて、ふたりで肩を並べて歩き始める。

「今日は眼鏡なんですね」

沖さんの眼鏡姿を見るのはこれで二度目だ。

「昨日遅くまで仕事してたら目が充血してしまって。おかしいですか？」

「とんでもない。知的な雰囲気で素敵です」

とっさに思ったことをそのまま口に出してしまい、ハッとする。〝素敵です〟なんて変に思われていないだろうか。

「ありがとうございます。そんなふうに言われたのは初めてで照れます」

彼は屈託のない笑みを浮かべながら言う。

「尾関さんは雰囲気が違うというか……」

「あっ、眉毛ありますもんね」

眉を手で押さえると、彼は肩を震わせて笑っている。

しまった。緊張のあまり、おかしなことを口にしてしまった。

「すみません。忘れてください」

「いや。女性は大変ですよね。出かけるためには早起きしてメイクしないと。あっ、もしかして今日も急がせましたか？」

沖さんが慌てた様子で言う。私は楽しみすぎて早く起きたとは言えず、手を横に振った。

「私はメイクも適当なので」

「いえいえ、素敵ですよ。でも、眉がなくたって素敵です」

なんて紳士な人なのだろう。慰めてくれたのはわかっているけれど、素敵なんていう言葉をかけられたことが過去にあっただろうか。私が彼をそう言ったので、返してくれただけか。

「実はエッグベネディクトについて、部下にも聞いてみたんです。そうしたら食べたことがないって。俺たちだけじゃないみたいです」

「よかった……」

児玉さんが常に流行を追う人なので、取り残されているような焦りがあったけれど、知らなかったからといって問題なさそうだ。

「女性はおしゃれなカフェで写真を撮って、ＳＮＳに上げたりしますよね」

「一応アカウントはあるんですけど、見る専門で。写真も上手に撮れないし、食べられれば満足というか……」

上手なアングルで撮影するだけでなく、加工もすごい。私はそこに情熱を注げる気がしない。

「沖さんもやられてるんですか?」

「俺はもっぱら仕事でかな。広報のためにアスリートの写真は撮りますけど……会社のアカウントで運営してるだけ。これ」

彼はスマホを取り出して、レーブダッシュのSNSを表示させた。

「あれっ、この人……マラソンの選手ですよね?」

なにかの大会で優勝していたような。

「そう。うちのシューズを使ってもらってるんです」

「すごい」

「そういうことを交渉するのが、俺の仕事で」

「そうなんですね」

名刺に営業統括部と記されていたが、そんな折衝を請け負っているとは意外だ。

話を弾ませていると、カフェ、プレジールに到着した。ランチには少し早い時間だからか席も空いている。ここは注文をレジで先に済ませるスタイルだったので、ふたりで並んだ。

「尾関さん、なににします……って、エッグベネディクトですよね」

「はい。あと、アイスコーヒーをいただこうかと」

「それじゃあ俺も」

沖さんは二人分を注文して、スマートに支払いを済ませる。

「私、払いますから。ねぎ塩牛タンもごちそうになりましたし」

慌てて言うと、彼は白い歯を見せた。

「あれ、うまかったでしょう？」

「はい。最近のお気に入りです」

「気に入ってもらえてよかった。てことで、お気になさらず」

彼は私の財布に手を添えてバッグにしまわせようとする。

「私がお誘いしたようなものなのに……」

一緒に来ようと言ったのは彼だけれど、食べてみたいと漏らしたのは私だ。

「友人に食べたと自慢できるんで、問題ないです。それに、ちょっと恰好をつけさせてもらえるとありがたい」

男性はそういう気持ちもあるのかと財布をバッグに戻したが、やっぱり私を気遣ってくれただけな気もする。

コミュニケーション能力がなさすぎて、なにが正解なのかさっぱりわからない。

注文を済ませたあと、窓際の四人掛けの席に向き合って座った。

「すみません」

「謝らないで。ちょっと楽しみにしてたんですよね。休みの日はいつもダラダラしてしまって」

「一緒です！」

彼もそうなんだと声が大きくなったけれど、先週はジムに行ったはずだ。

「……って、ジムに行かれてましたね」

「ああ、あれは行かないとすぐに太るからですよ。結構食べるんで、消費しないと。それにアスリートに会うのに、あんまりぷよぷよの体だと気まずいでしょ？」

「たしかに。大変なんですね」

体脂肪率がひと桁の選手もいると聞く。そんな人たちの隣に、隙だらけの体では並びたくない。

「まあ、体形維持が大変なわけじゃないですけど」

「あっ、そうですよね」

ちぐはぐなことを言ってしまい、後悔ばかりだ。

気まずくてうつむくと、くすくす笑う声が聞こえてきた。

「またなんか反省してる。俺はなにを言われてもなんとも思わないんで、好きなように話してください。気を使われるとこっちも使わないと、と思って疲れてしまいますから。……図々しいですかね、俺」

「いえ。そう言ってもらえると、力が抜けます。普段あまり他人と会話してないからか、うまく話せなくて……。違うな。会話はしてるんですけど、なんというか……」

やっぱりうまく話せない。

「仕事の会話とプライベートでは違いますよね。俺も営業トークは淀《よど》みなく出てくるんですけど……」

「そう、それです！」

まさに言いたいことだったので興奮気味に声をあげる。

「それじゃあ、会話の不器用な者同士、無礼講で」

私を思いやるような言葉ばかりなのに、彼のどこが会話が苦手なのかわからない。きっとこれも、私を気遣ってのことだろう。

「失礼ですけど……尾関さんはおいくつですか？　俺は三十四なんですけど」

三十四歳にしては若く見える。

「二十八歳です」

「若いな。敬語やめても？」

それで歳を確認したのか。律儀な人だ。

「もちろんです。私はすぐにやめられないかも……」

彼のほうが年上だし、敬語を使わないほうが疲れそうだ。

「自由にどうぞ」

「そうします」

話していると、エッグベネディクトが運ばれてきた。

「おいしそう。いただきます」

イングリッシュマフィンの上に、ポーチドエッグとアボカド、そしてたっぷりのスモークサーモン。オランデーズソースがかけられたそれは、見るからにおいしいとわかる逸品だ。

私は早速ナイフを入れた。

「……あっ、こういうときに写真を撮るんでしょうね」

児玉さんとランチに行くと、料理が出てきたらまずスマホで撮影会が始まる。食欲に負けてあっさりナイフを入れてしまい、ハッとした。

「写真を撮りに来てるわけじゃないんだから、食べればいいと思うけど。でも、そうだ……」

同じようにすでにナイフを入れていた彼は、それでも写真を一枚だけ撮影した。そしてスマホを操作している。

「ＳＮＳですか？」

「ううん。俺、個人のアカウントは持ってなくて、友達に送ったんだ。あいつ最近、プライベートの充実ぶりを自慢してくるから、俺も自慢しておかないと」

その友達とは、とても仲がよさそうだ。

それにしても、自慢なんて……。付き合わせて申し訳ないと思っていたけれど、彼も楽しんでくれているのだろうか。

「お友達、彼女がいるんですか？」

「かわいい子供がいるよ」

そっか、子供がいてもおかしくない歳なんだ。そういえば、私にも二人目を出産した友人がいる。

「……あの、沖さんは大丈夫なんでしょうか？　彼女、怒りますよね」

誘われた時点で、恋人はいないのかな？とは思ったけれど、確認の意味で尋ねた。

なんと答えが返ってくるのか少し緊張する。

「そういう人はいないから心配ないよ。尾関さんのほうがまずいんじゃ……」

「私もいませんから、安心してください」

そう言いながら、沖さんに特定の女性がいないことをはっきりと知れて、心が跳ねた。

「そう」

なぜかうれしそうに微笑む彼は「食べてみようか」と私を促した。

初めて食べたエッグベネディクトは濃厚で、アボカドがいいアクセントになっている。ソースがくどくて苦手な人がいるようだけれど、この店のものは比較的あっさりしており、スモークサーモンがしっかり味わえてとても好みだ。

「あれっ、これチーズだと思ってたら違うんだね」

沖さんは大きく切ってひと口食べたあと、ソースだけを少し口に入れた。

「卵黄とバターで作るソースみたいです。一応予習してきました」

「予習って。真面目だな」

正直に伝えると、彼は白い歯を見せる。

「意外だったけど、うまいな。たまごは正義だし」

「なんですか、それ」

「とりあえず白いご飯と生たまごがあれば、完結するでしょ」

当然のような顔をして言う彼がおかしい。

「間違いないです」

私も同調すると、彼は満足そうにうなずいた。

それにしても……コンビニのねぎ塩牛タンにたまごかけご飯が好きだなんて、親近感が湧く。

自分はプライベートでの会話が苦手だとばかり思っていたのに、弾みに弾んだ。人見知りだったわけではなく、周りに気が合う人があまりいなかっただけかもしれないと思うほど。

顔をほころばせている沖さんも楽しそうで、安心した。

「うまかったけど……食べにくいな、これ」

「ほんとですね」

盛り付けはそれこそSNS映えするような美しさだったのに、ポーチドエッグの黄身やソースは流れてしまい、お皿のそれをマフィンに絡めて食べた。

普段、児玉さんたちキラキラした女子と一緒にランチを食べていると、マナーやその料理独自の食べ方があるのではないかと気になって仕方がない。流行に鈍感な自分の食べ方にはなにか間違いがあって、実は笑われているのではないかとびくびくしてしまうのだ。

けれど、沖さんの前ではなにも気にせず完食した。児玉さんにこんな話をしたら、『男性の前では気を使わないとダメですよ』とお説教されそうだ。

ただ、すっぴんに部屋着、そして神キーホルダーをすでに見られているのだし、もう今さらだろう。

そのとき、沖さんのスマホが鳴り確認している。

「あ……」

「どうされましたか？」

「いや、さっきメッセージを送った友達が……」

彼はそう言いながらスマホの画面を私に向ける。

「あれっ」

そこに表示されていたのは、エッグベネディクトの写真だ。プレジールのものではなさそうだけれど、食べたことがあるようだ。

「先越されてた……」

沖さんが本当に残念そうに言うのがおかしい。

するど今度は私のスマホが鳴り、メッセージを受信した。

「え……」

「仕事かなにか？」

私が眉をひそめたからか、沖さんが尋ねてくる。

「いえ。高校時代の同級生が結婚するらしくて、招待状送るから住所教えてって……」

「それはめでたい」

彼はそう言うけれど、私は困惑しかない。

「でも、高校を卒業してからまったく接点がないんですよね。しかも高校時代にすごく仲良かったわけじゃなくて……。どっちかというと、彼女はどんくさい私を笑っていたというか……」

いじめられていたわけではないけれど、友達とも違う。ただのクラスメイトだ。正直、あまり話した記憶もない。

「それは気乗りしないね」

「しかも、三週間後って……」

招待状は、二、三ヵ月前に送られてくるのが普通だ。新郎側の招待客が多くて人数合わせに使われているのではないかと勘ぐってしまう私は、性格が悪いだろうか。

「三週間後なんだよね？　急すぎるから、もう予定があるって断ってもいいんじゃない？」

「そっか」

それもそうだと思い、結婚のお祝いの言葉と、予定があって出席できそうにないと返信した。

「ちょっとまだ腹が満たされてないんだけど……ケーキ食べない？」

スマホをテーブルに置くと、メニューを見ていた沖さんが言う。

「食べます！　甘いもの大好きなんです」

「辛党かと思った」

アルコールにねぎ塩牛タンとくれば、そう思われても仕方がない。ただ甘いものも大好きだ。

「沖さんもケーキ食べるんですね」

「スポーツやってたときそういうものは制限されてて、やめたら反動で食べるようになったんだ。で、太るからジムに」

たしかに抑制から解き放たれると、執着してしまいそうだ。

「ジムに行くのがすごいですよ。私は食べてばかり……」

そこで話を止めたのは、電話がかかってきたからだ。

「結婚式を断った同級生だ……。ちょっと失礼します」

私は沖さんに軽く頭を下げて、店の外で電話に出た。

「もしもし」

『もしもし、万里子？　久しぶりだね』

「うん。結婚するんだってね。おめでとう」

『ありがとう。……それで、式の日に予定があるんだって？』

「そうなの。残念だけど」

声のトーンを落として、落胆を醸し出してみる。

『その予定、なんとかならない？』

あまりの強引さに、目をぱちくりさせる。

「ごめん。決まってたことだから……」

『でもさ、こっちは一生に一度のことなんだし。ね？』

どうやら相当切羽詰まっているらしい。しかもその言い方、まるで私が悪いみたいだ。顔が険しくなってしまう。

「それはそうなんだけど、予定変更は難しいかな……」

なんとか断ろうと言葉を紡いでいると、いつの間にか沖さんがやってきて、私のスマホを指さしたあと、今度は自分を指さしている。代われということだろうか。

不思議に思いつつもスマホを耳から離すと、彼は私に目配せしてから電話口に出た。

「もしもし、お電話代わりました。万里子のお友達ですか？」

彼がいきなり〝万里子〟と呼び捨てするので、息が止まりそうになる。

「ご結婚、おめでとうございます。申し訳ない。万里子と旅行に行く予定があるんです。私の仕事が忙しくて、ようやく取れた休暇でして。すみませんが、今回は……」

どうやら機転を利かせて断ってくれたようだ。

「万里子に代わったほうがよろしいですか？　……はい。それでは失礼します」

彼は電話の切れたスマホを見て苦笑している。

「代わらなくていいって」

「あはっ」

「ごめんね。困ってるみたいだったから」

彼は申し訳なさそうに言うけれど、押し負けてしまいそうだった私はありがたかった。

「いえ、すごく助かりました。もうほんとに、神キーホルダーを差し上げたいくらいです」

「ごめん、いらない」

真顔で即答する彼に噴き出す。

それにしても、呼び捨てで名前を呼ばれるだけで、これほどドキドキするとは思わなかった。

「ケーキ頼もう。俺、ガトーショコラにするよ」

「チョコ好きなんですか?」

「うん。ビール片手によく食べてる」

「一緒だ！」

こんな些細《ささい》な一致でも、これほど胸が躍るなんて。

笑顔でうなずく彼と再び席に戻り、デザートメニューを手にした。

月に乾杯　Side沖

「なんか今日、機嫌よくない？」

月曜に出社すると、浅海が俺に書類を渡しながら言う。

「普通だろ」

「お前の月曜の朝の仏頂面を、これまで何回眺めてきたと思ってるんだよ。絶対普通じゃない」

浅海はそう言いきる。

たしかに、朝は苦手だが……。

「エッグベネディクトとか食ってるし」

「あれ、うまかったけど食べにくいな。どうやったらうまく食べられるんだ？」

「別に決まりはないさ。それより、誰と行ったのかなー。返事がなかったけど」

尾関さんとプレジールに行ったあの日の夜。浅海から追加のメッセージが入ったが、そういえば無視したままだ。

「ひとりだよ」

「嘘つけ。エッグベネディクトでも食べに行くか！と思い立つお前が信じられない。せいぜい焼き鳥屋だな」

その通りで、言い返す言葉もない。

「隠すってことは……ふーん」

浅海が意味ありげな笑みを浮かべるので、手で追い払う。

「部長がサボってどうする。仕事しろ」

「はいはい。事情聴取はまた今度」

浅海は余計な発言をしてから自分の席に戻っていった。

「沖さん、彼女できたんですか？」

隣の坂田が目を輝かせて聞いてくる。

どうしてそんなにうれしそうなのだろう。

「別に」

「そっかあ。彼女未満なんですね。でも沖さんならあっさりつかまえるんだろう――

痛っ」

ファイルで頭を軽く叩くと、大げさに痛がっている。

俺はそのファイルを開いて、デスクに広げた。

「この企画書、全然熱意が伝わってこないぞ。単なる事実の羅列だけでは、坂田がこの選手にかけたい思いは伝わらない。命かけてやってみろよ」

命をかけるというのは、それくらい真剣にやれということだ。どれだけ未熟でも、心を砕いて作った企画書は胸に響くものがあるし、なんとか成功させてやりたいと思う。しかし彼から出されたこの企画書には、まったく心が動かなかった。

「すみません。なんかいまいち気持ちがのらないんですよね」

彼が会議に提出しようとしているのは、ボルダリングの選手との用具契約についてだ。ジャパンカップで好成績を残した男子選手に目をつけ、彼がもっと有名になる前に押さえておこうとしている。

「気持ちがのらないなら、やめておけ」

「ですが……ほかのメーカーに持っていかれるのも……」

その選手は伸び盛りで、無名だったのにあっという間にトップ選手と肩を並べるまでになっている。オリンピック出場も期待されており、他メーカーも注目しているのは間違いない。

「うちが全部網羅できるわけがない。不安材料があるんじゃないか？」

坂田は俺がノウハウを叩き込んで育てている部下だ。ただの勘というあいまいな材料で躊躇しているとは思えなかった。

「さすが鋭いですね。ちょっと私生活がよろしくないみたいで」

「どういうふうに？」

浅海から渡された書類をめくりながら尋ねると、坂田は大きなため息をついた。

「女癖が悪いらしいんです。ボルダリングの女子選手に婚約者がいるんですけど、大げんかしてるらしくて。その原因が浮気との噂《うわさ》です。婚約破棄になるんじゃないかって」

「今すぐ手を引け」

ファイルごとごみ箱に捨てた俺に、坂田が驚いている。

「沖さんがそんなことを言うとは思わなかったです。女性関係なんて試合の成績に関係ないとおっしゃるかと……」

「お前、俺の話聞いてる？　私生活が乱れたやつは、いつか落ちていく。それにいくら成績がよくても、スキャンダルが出た選手と同じシューズを履きたいと思うか？　次世代の選手たちや、これから競技を始める子供たちの手本となるような人間でなければ、うちには必要ない」

もちろん、アスリートだって人間だ。ときには羽目を外すこともある。しかし、スポンサーとしてその選手を支えるからには、子供たちの夢を壊さないような人物を選ばなくてはならない。

「そうですよね。すみません……」

ノウハウを叩き込んだつもりだったが、まだまだのようだ。

坂田の熱意は認めるが、どこか空回りしている。

「沖さん、そういう選手と契約して困ったことがあるんですか？」

「は？」

ギロリとにらむと、坂田は顔を引きつらせている。

「ああっ、すみません。沖さんに限ってないですよね。失礼しました。次の仕事やります」

キーボードに手を伸ばした坂田を見ながら、放心していた。

仕事でそうした失敗をしたことはない。でも……苦い経験はある。

一流のスポーツ選手は、極限まで肉体を鍛え上げ、人生をかけてその競技に打ち込む。そうしたとしても、誰もが名を知るような選手になれるのはひと握りだ。

しかもトップアスリートとしての寿命は短く、あっという間に輝かしい時期は過ぎていく。

それでもストイックに練習に励み続けた者にしか見られない景色がある。だから踏ん張れるのだ。

ところが、他人を蹴落とすことで昇っていこうとする者もいる。苦しい練習を積むより、そのほうが手っ取り早いからだ。

尾関さんと週末の時間をともにできたせいか、浅海の指摘通りどこか浮かれ気分だったが、嫌なことを思い出してため息が漏れる。

もうとっくに忘れたつもりだったのに。雨の日に古傷が痛むように、なにかのきっかけで心がえぐられ痛くなる。

さっさと仕事を済ませて、ビールをあおって寝てしまいたい。

俺はそんなことを考えながら、再び書類に視線を落とした。


その日は帰宅してTシャツとスウェットパンツに着替えたあと、冷蔵庫からビールを取り出し一気に喉に送った。三百五十ミリリットル缶の半分くらいをあっという間に飲み干してしまい、五百ミリリットルのほうにすればよかったと後悔した。

洗濯物を取り込んでいないことに気づいた俺は、ベランダに出た。

「きれいだな、月」

真ん丸とはいかないが明るい月が目に入り、思わず漏らす。

洗濯物を適当に投げ入れたあと、ビールを持ってきてベランダから空を眺めていた。

二十二歳でレーブダッシュに入社する直前まで、俺はプロバスケットボールリーグであるBリーグで、選手として必死に練習を積んでいた。けれど終盤は、とあることがきっかけで右膝の前十字靭帯断裂、半月板損傷という大けがを負い、試合に出ることすらままならないありさまだった。

悔しくて、こうして夜空を見上げながら声を殺して泣いたっけ。

身長が二メートルを超える選手が何人もいる中で、百八十センチの俺は高いほうでもなく、とにかくスピードのあるドリブルが武器だった。

けがをする前は、日本代表でプレーできそうな位置にまで駆け上がっていたが、どれだけリハビリを積んでも練習に励んでも、とうとうそのスピードを取り戻すことができず、引退を決めた。

そのとき、熱心に誘ってくれたのがレーブダッシュだったのだ。

入社して浅海に初めて会い、彼が俺を引っ張ったのだと知った。

プロとして活躍する前から俺のことを知っていたという彼は、俺とのスポンサー契約を検討してくれていたようだ。しかし、けがのせいでその話は流れてしまった。それにもかかわらず、けがをしたあとも体育館に足しげく通い、トレーニングを積む俺を見ていたのだとか。契約対象外となったのだから浅海にはなんのメリットもないのに、復活するのを信じていてくれたのだ。

結果的に体が悲鳴をあげて引退となってしまったけれど、浅海は最後まで腐らず練習を続けた俺を評価してくれたようだった。

隣から、網戸を開ける音がしてふと目を向ける。

「洗濯物忘れてた……」

尾関さんのそんな声が聞こえてきて、勝手に頬が緩んだ。

「忘れるよね」

「はっ！」

何気なく声をかけると、彼女は驚いている。その直後、隔て板の向こうから、彼女がひょこっと顔を出した。

眼鏡姿の彼女は、コンタクトのときより少し幼く見える。

「こんばんは」

「こんばんは。ビール飲んでる……」

彼女は俺が持つビールを見つけて顔をほころばせる。

「今日は飲んでないの？」

「平日はあまり。……って、ストレスたまったら飲みますけど。がぶがぶと」

「あはは。今日はちょっと涼しい風が吹いてるから、ベランダも快適」

昼間にパラパラと雨が降ったからか、空気が冷え気味だ。

そろそろ夏も終わりを迎える。涼しくなったと思ったら、あっという間に寒い冬がやってくるのだろう。自分を取り巻く環境があまり変わっていないせいか、毎年のその繰り返しが坦々としていて、情緒もなにもないのが残念だ。

「私も飲んじゃおうかな」

「うん。ビールある？」

「それはご心配なく。あっ、でもレモンサワーの気分」

彼女はそう言いながら一旦部屋に入っていった。

俺も部屋に戻り、アーモンドチョコレートを持ってくる。

再び顔を出した彼女はレモンサワーのプルタブを引き上げた。

「今日のきれいな月に、乾杯」

俺が言うと、尾関さんはようやく月の存在に気づいたようだ。目を細めて月を見たあと、俺が差し出したビールの缶に、レモンサワーの缶をこつんと当てた。

「もうすぐ満月なんだ……」

「そうみたいだね」

「沖さんって、ロマンティストなんですね」

「ロマンティスト？」

そんなことを考えたことすらないが……。

「月を見てきれいだなと思えるのってそうじゃないですか。私なんて疲れすぎてて、月が出てるで終わりですもん」

「あー、ちょっとかっこつけた。いつもはそんな感じ」

たまたま昔のことを思い出しただけで、忙しいと月が昇っていようが槍が降ろうがどうでもいい。

正直に告白すると、くすくす笑う声が聞こえてくる。

壁があるのがもどかしい。

「これ食べる？」

壁越しに手を伸ばしてチョコの箱を差し出す。

「アーモンドチョコだ。食べます！」

彼女は一旦箱ごと手にしてチョコをひとつだけ取り出してから戻してきた。

「全部あげるよ」

「でも、沖さんも食べるでしょう?」

そう言う彼女にもう一箱をちらりと見せる。

「あっ、在庫あるんだ」

在庫という言い方に笑ってしまう。たしかに在庫だ。

「それじゃあ私は……」

彼女はもう一度部屋に入ったかと思うと、ビーフジャーキーを持ってきた。

「これも在庫ありですからどうぞ。って……私がチョコで、沖さんがジャーキーですよね、普通」

たしかに、世間の男女のイメージはそんな感じだ。

「うまいんだから問題ないよ。それじゃあ遠慮なく」

ビーフジャーキーを受け取り、さっそく口に入れる。口の中に肉の旨みが広がり、幸せな気分になる。いや違うか。いつもひとりで寂しく飲んでいるのに、こうして会話を弾ませられる相手がいるからか。

ひとりが一番楽だと思っていたけれど、気の合う人とならふたりも楽しそうだ。そういえば浅海となら、何時間一緒にいても苦にならない。……なんて、少々気持ち悪いが。

「今日も忙しかった？」

「そうですね。クレームの電話を私にばかり回す後輩がいて、どうしたものかと思ってます」

尾関さんは小さなため息をつく。

「断れないの？」

「一度は断るんですよ？　でも、怒っているお客さまを待たすなんて、火に油を注ぐようなものなので、結局は電話に出てしまうんです。でも、クレーム対応はやっぱりきつくて」

その気持ちはよくわかる。

「そりゃあそうだよ。顧客対応は疲れるよね。怒り返すわけにいかないし」

「沖さんもそういう経験ありますか？」

「見下されてカチンと来ることはしょっちゅうかな。相手が有名なアスリートだと、ちやほやされるのが当然みたいな人もいるし。でも、そうじゃない謙虚な選手もいて、そういう人に当たると心の中でガッツポーズしながらにこにこ対応してる」

謙虚に周囲の意見を聞ける選手のほうが記録を伸ばすケースが多い。俺はそうした人間性も含めてスポンサー契約を模索しているが、大記録を出した選手を確保しなければならないこともある。

浅海も天狗になった横柄なアスリートを嫌うので、そういう契約は少ないのだが。

「そうなんですよ。たとえ相手の勘違いだったとしても、丁寧な言い方で聞いてくださる方にはこちらも丁寧に対応しますし、気持ちよく電話を終われるのに。トラブルが発生してイライラしてるのはわかるんですけどね……」

もしかしたら女性の彼女のほうが、そういう理不尽な経験が多いのかもしれない。世の中には、自分より弱そうな人を選んで罵声を浴びせる人もいる。

「それじゃあ、ストレスたまったら声かけてよ。またこうやって飲もう。って、暑いときも寒いときもベランダはつらいな」

「春と秋限定ですね。チョコおいしい」

突然付き合わせてしまったが、尾関さんの声が弾んでいて安心した。彼女も俺と同じようにこの時間を楽しんでくれているのだろう。

「ジャーキーもおいしいよ。普段、会社の同僚とかと飲みに行ったりは？」

「うーん。時々誘われますよ。でも、ＳＮＳに写真を載せるためのおしゃれな場所が多くて。自分は場違いな気がしておどおどしてしまうんです。だから最近は断ってしまっています」

「なるほど」

なんとなくその気持ちはわかる。くつろぎに行ったはずなのに、気疲れしてしまうのだろう。

「でも断ってばかりだから、なにか言われてるかもなーとも思ったりして……」

「なにかって？」

「その場にいない人の愚痴大会になったりするんですよ。行ったら行ったで、そう思っていなくても話を合わせてうなずいておかないといけないので、それも疲れるんです。万が一否定しようものなら、今度は自分が悪口の標的になりそうで。……って、ずるいですね、私」

彼女は声のトーンを下げるが、それは仕方がないところもあるだろう。

「無難に生きていたほうが楽だし、ずる賢いやつが勝ったりするからな、この世の中」

俺は、けがをしたときのことを思い出しながら言った。

「そうなんですよね。楽なんです。でも、悪口に同意しているんですから、やっぱりダメだな、私」

誰しもそういう経験はあるものだ。俺は無意識に深くうなずいていた。

「……さっき話したクレーム処理も、相手を待たせられないからというより、本当は断ることで周りの人に嫌われたくないから引き受けているのかもしれません。情けないですけど」

尾関さんは自分を卑下《ひげ》しているが、そういう人のほうが多い気がする。

「孤立するのもなかなかつらいものがあるから、情けなくなんてないよ。よくないことをよくないと言える強さは、もちろんあれば素晴らしいけど、それで自分が苦しくなっては本末転倒だ。皆、そんなに強くない」

俺がけがをしたのは、紅白試合中に同じポジションを争っていた最大のライバルであるひとつ年上の千賀《せんが》さんと激しくぶつかったからだ。明らかに千賀さんの、しなくていいラフプレーだった。

チームに復帰後、彼にひと言謝ってほしいと主張したら、四面楚歌になってしまった。ボールを持っていなかったため激突の瞬間を見ていた者がおらず、けがをしてイライラする俺の言いがかりだと思われたのだ。

それから復帰を目指して必死に練習を積んだのにもかかわらず限界を感じた俺は、引退を決めた。

引退以来、一度もバスケットシューズを履いていない。もう忘れることにしたのに、脚の古傷と同じように、時々心がひどく痛んで苦しい。

けがをして引退に追い込まれたことはもちろんだが、チームメイトが俺の主張を誰も信じてくれなかったことも痛かった。

誰かひとりでもわかってくれていたら……と悔しい気持ちが収まらないのだ。

あのとき、チーム内で孤立してどれだけ絶望したか。だから、自分を守るための嘘をついたって責めたりできない。

「どうしたら強くなれるんですかね……」

尾関さんはしみじみとこぼす。

「そんなに頑張って強くならなくてもいいんじゃない？　生きるのが苦しくなる。外ではちょっといい人の振りをして、家に帰ってきたら『ビールうまー』って毎日過ごせたら幸せでしょ？」

俺がそう言うと、彼女はくすくす笑っている。

「そっか。レモンサワー最高！　ジャーキーは神！」

月に向かってレモンサワーを持ち上げた彼女の手が見えて、おかしくなる。

「ビール最高！　チョコは神！」

俺も真似をすると、彼女がこちらに顔を出してにっこり笑った。

「あ、すみません。今日もすっぴんで……」

「俺もすっぴん」

そう返すと、彼女はおかしそうに白い歯を見せた。

あのけが以来、こんなに笑えたのは初めてだ。彼女と再会できたことを、神さまに感謝した。

「そういえば沖さん、どこのジムに行ってるんですか？」

「駅の向こうの……」

「本格的なところだ」

最近はジムといってもマシンとインストラクターが数人だけの、小規模なジムが増えてきた。しかし俺が通っているのは、スタジオやプールなどもある、大手フィットネスクラブだ。

「まあそうだね。それがどうかしたの？」

「おばあちゃんが亡くなるまでは一緒に散歩してたんですけど、最近運動不足で、ちょっとダイエットしようかなと思ったんです」

今の体形でちょうどいいように見えるけれど、女性は体重の変化に敏感なのだろう。

「また散歩を始めるっていうのはどう？」

「そうしようかな。ひとりでも続くかな……」

「よかったら、一緒に歩かない？」

「えっ？」

話し相手がいればウォーキングも楽しくなるのではないかと、とっさに口にしてしまった。けれど、尾関さんが怪訝な声をあげるので後悔した。俺と一緒に歩いたって楽しくないだろう。

「いや、忘れ――」

「いいんですか？」

嫌がられていると思ったけれど違ったようだ。再び顔を出した彼女の目が、心なしか輝いている。

「もちろん。俺でよければ」

「頑張れそう」

彼女の声が弾むのでホッとした。

「土曜はどう？」

「大丈夫です。何時にしますか？　私、朝早いのは苦手で……」

正直に明かす彼女に、口角が上がる。

「俺も朝はダメ。夕方の涼しい時間にしようか。まだ暑いか……」

まだまだ残暑が厳しくて、最高気温が三十度を超えることもある。

「沖さんさえお嫌でなければ夕方で。私、運動は苦手なんですけど、汗をかくのは嫌いじゃないんですよね。すごく頑張った気がして、自己肯定感が上がるっていうか……。いやだ私、単純」

「いいんだよ、それで。自分を褒められるのは大切なことだよ」

俺はけがをしてから自分を否定ばかりしていた。二十二歳で引退してからもう十二年になるが、ようやく仕事に自信が持てるようになったところだ。

まさかあの挫折から這《は》い上がるのに十年以上もかかるなんて……。いや、今でも胸の傷が疼《うず》くのだから、完全に吹っ切れていないのだろう。

「五時でどう？　まだ明るいし、いきなり長距離は大変だから、そのくらいの時間からでも大丈夫じゃないかな」

「ばっちり予定を入れておきます」

俺、どうしたんだろう。休日になにかの予定が入るといつも憂鬱になるのに、楽しみなんて。しかも自分から誘うなんて、何年ぶりだろう。

俺は自分の小さな心境の変化に、戸惑っていた。

沖さんとウォーキングの約束をしてから、かなり心が弾んでいる。

家から駅までの十分の距離でさえ歩きたくないと思うほどダメ人間なのに、休日にわざわざ歩きに行くのが楽しみになるなんて思いもしなかった。

祖母と散歩していたときは、〝祖母の足腰が弱らないように〟という理由があったのでなんとか続いた。しかし自分のダイエットのためにでは、重い腰が上がらなかったのに。沖さんのお誘いは、私のカンフル剤となった。

月曜は朝から電話対応の嵐で疲労困憊《こんぱい》だったものの、週末の約束に向けて心が弾んでいるからか、さほどダメージがない。

同僚四人で会社近くの自然食のレストランにランチに行くと、斜め向かいに座った児玉さんが私の顔をじっと見ている。

「尾関さん、メイク変えました？」

「え……っと、なんかおかしい？」

実は眉の描き方を少し変えた。というより、以前は前髪に隠れるし、描いてあればいいくらいの適当さだったけれど、雑誌で研究したのだ。

けれど、まさかこの程度で気づかれるとは思わず、思いきり目が泳ぎ、挙動不審になる。

「おかしくはないですよ。ちょっと雰囲気が違うと思って」

「いつもと同じだよ？」

浮かれているのを見透かされているようで、嘘をついてしまった。

せっかくだから、メイクの勉強をしていると素直に打ち明けて教えてもらえばいいのに、とことんダメ出しされそうで勇気が出ない。

「気のせいですかね」

「うんうん」

児玉さんが気づくということは、沖さんにもわかるだろうか。でも、眉のないすっぴん姿ばかり見られているのだから、眉の形なんてどうでもいいだろうけれど。

「あれ、なんかご機嫌ですね」

沖さんのことを考えていると勝手に頬が緩むからか、指摘されてしまった。

「そう？　お腹空いてて、やっと食べられたからかな」

私はそうごまかしながら、ほうれん草のポタージュを口に運んだ。

どうしたんだろう、私。自由気ままに過ごせるおひとりさまが大好きだったのに、沖さんと会えるのがこれほど楽しみなんて。

まさか……恋？　沖さんに、恋したの？

久しぶりすぎる感情に、戸惑いを覚える。

しかし、相手のことが気になってつい考えてしまうこの感じ……それに名前をつけるとしたら、〝恋〟以外にしっくりくる言葉が見当たらない。

私は頬を両手で押さえた。赤くなっていないか心配だったのだ。

「そういえば、ドゥシャインの新作リップ、すごくいいよ」

児玉さんがもうひとりの美容好き同僚と、新しい化粧品のことで盛り上がり始める。

そういうことに疎《うと》い私はいつも右から左なのだけれど、雑穀米を口に運びながらこっそり聞き耳を立てていた。

「コーラル系の色がすごくいいの。プルプルになるし、とにかくかわいいから試して」

コーラル系ね……。

そういえば今日、眉に夢中になりすぎてマスカラを忘れてるかも。

昼になってようやく気づく私って……。もう少し身だしなみに気を使うべきだろうか。

その日の帰り、私は寄り道をして百貨店に飛び込んだ。目指すは化粧品メーカーのドゥシャインだ。

このブランドはとても人気があり、同僚もよく使っている。でも私は、百貨店の化粧品売り場のブースがどうも苦手で、ほとんど来たことがない。ビューティーアドバイザーにつかまったら、全部買わなくてはいけなくなりそうで怖かった。

けれど思いきって来てみたのは、児玉さんが話していたリップが気になったからだ。

「す、すみません……」

クレームの電話に出るときより緊張しながら声をかけると、笑顔が美しい女性が対応してくれる。その女性の透明感のある肌を見て、帰りたい衝動に駆られた。

「なにかお探しですか？」

「新作のリップが欲しくて」

「ありがとうございます。こちらです」

ビューティーアドバイザーは、リップ売り場を案内してくれる。

「こんなにたくさん色があるんですね……」

「はい。お似合いの色が見つかるのではないかと」

「コーラル系がかわいいと聞いたのですが……」

尋ねると、該当する色を出してくれた。

「このあたりでしょうか？　よろしければ、つけてみますか？」

「お願いします」

イスに座り、ドキドキしながらつけてもらう。

「いかがですか？」

いつもはパール感のあるグロスをのせるだけ。だからか、思った以上に唇が強調されて違和感があった。

「かわいいですけど……。もう少し地味な感じが……。ごめんなさい、私がコーラルと言ったのに」

「いいえ。お顔の特徴も唇の色も人それぞれですので、ほかの人に似合う色がお客さまにも合うわけではありませんし。お客さまは、もともと唇の色がおきれいでいらっしゃるので、ナチュラルな感じがよろしいのでしたら、こちらのプランパーはいかがですか？」

彼女は新作のリップではなく、唇をぷっくりさせるためのカプサイシンが入ったプランパーを薦めてくれた。

その中でも淡いピンクのものをチョイスして、実際に唇にのせてもらう。

「あ……これ気に入りました」

艶があり血色がよくなるのに、決して派手ではなくて私好みだ。

「物足りないときは、別のリップを重ねてもいいですし、ひとつ持っておかれると便利かもしれません」

その言葉に納得した私は、すぐさま購入を決めた。

気になっていた眉の描き方も教えてもらい――といっても、同じようにできるとは思えないが――使いやすいというアイブローも購入して、百貨店を出た。

早く帰って練習しよう。

沖さんとウォーキングをする土曜までに、少しでもきれいになりたいから。

あんなに面倒だと思っていたメイクに、これほど心躍らせる自分が信じられなかった。

やっぱりこれは恋だ。そうでなければ、この胸の高鳴りを説明できない。

私はうっかりにやつきそうになる顔を引き締めながら、家路を急いだ。

沖さんと約束した土曜は、朝方に雨が降って心配したものの次第に天気が回復してきて、比較的涼しいウォーキング日和となった。

約束の十七時の一時間半前にメイクを始め、何度も練習した眉もばっちり仕上がった。アイメイクは控えめにして、リッププランパーを唇にのせる。

会社に行くときよりナチュラルにしたのは、ウォーキングに行くのに張りきりすぎたメイクをしても……と思ったのと、沖さんを意識していると知られないようにするためだ。

けれど、彼の前ではきれいでいたいという気持ちもあり、ベースメイクだけはしっかりした。

淡いブルーの半袖Tシャツに黒のパンツを合わせる。ウォーキングをしている人を見ると、スパッツをはいている姿もあるが、体の線がばっちり出る恰好は苦手なので、ちょっとゆとりのあるジョガーパンツにした。そしてスニーカーはもちろん、レーブダッシュ。

十七時五分前にはスニーカーまで履いてしまい、準備万端な自分がおかしくなった。買い物ですら出かけるのが億劫だったのに、ウォーキングに行くのがこれほど楽しみなんて。

しばらくするとチャイムが鳴り、深呼吸を二回してから対応した。すぐに出ると待っていたことがばれてしまうと思ったのだ。

「沖です。もう行ける？」

「はい」

私は部屋の鍵を持ち、ドアを開けた。

色違いのスニーカーを履いた沖さんは、白いTシャツに黒のパンツスタイル。かつてスポーツをしていたと話していたが、半袖から覗く腕がかなり筋肉質で驚いた。

「こんにちは」

「こんにちは。あれっ、キーホルダー変えたの？」

彼は神キーホルダーがついていないことを目ざとく見つける。

「はい。さすがにもう……」

今は以前使っていたレザーのキーホルダーがついている。

「そっか。インパクトあったんだけど」

「差し上げますよ？」

「ごめん、いらない」

二度目の拒否に、笑いが漏れた。

少し緊張していたのに、今の会話で完全に吹き飛んだ。やっぱり沖さんとは話しやすくて心が躍る。

「どこを歩こうか考えたんだけど、俺が以前よくランニングしてたコースでいい？」

「もちろんです」

メイクや服装のことばかりで、コースについてなど一度も考えなかったなと反省しながらうなずく。

「行こうか。疲れたら言って」

「はい。よろしくお願いします」

脚の長い沖さんについていくにはそれなりのスピードが必要だと思っていたのに、彼は私に合わせてゆっくり進んでくれる。

まずはマンション近くの堤防沿いを歩き始めた。

「ランニングまでされてたんですね」

「持久力も必要だったから」

「なんのスポーツを……いえ、なんでもありません」

以前濁されたことを失念していて再び尋ねてしまい、慌てて取り下げる。

「バスケやってたんだ、Bリーグで」

「Bリーグ？」

「一応プロだった」

バスケにくわしくなくて尋ねると、とんでもない返事が聞こえた。

「プロ⁉」

ということは、ちょっとやっていた程度ではない。

「そう。Bリーグには特別指定選手制度というのがあって、大学生でも入団できるんだ。俺は東京《とうきょう》ベイシーズというチームに大学一年で入って、翌年プロ契約を結んだ」

「すご……」

あまりに話が大きくて、感嘆のため息が漏れる。

「だけど、けがで辞めたんだ。それでレーブダッシュに。その頃からの知り合いで上司が一番の親友かな」

「エッグベネディクトの写真を送った方ですか？」

「そう。お前がひとりで食べに行くわけがない。誰と行ったんだってうるさくて」

それでなんと答えたのか気になる。

「お隣さんって言っておいた」

「あはっ。なんかすみません」

〝お隣さん〟で間違いないのに、ちょっとがっかりした。単なるお隣さんよりは距離が縮まっていると期待したからだ。

とはいえ、ほかにどう言えばいいのか私にもわからない。

「あんまりバスケとか見ないでしょ」

「……すみません」

オリンピックのときに、にわかファンにはなるけれど、普段は気にしているチームもない。

「別に謝らなくても。野球やサッカーほどメジャーじゃないし」

「帰ったらチェックします」

「もう過去の話だよ。それで、スポーツやってるとかなり食べるんだよ。随分食べる量は減ったけど、それでも運動してないわりに食べすぎる。栄養のバランスも選手だった頃の名残で気にはするけど、忙しいとなんでもいいやになってしまう。だからジムに行かざるを得なくて」

彼はそう言うが、体形を維持したいという強い意志がなければ無理だ。太っておしまいだろう。

「そんなすごい人に付き合わせてすみません」

「全然問題ないよ。俺、バスケやめてから体を動かすことが楽しくなくて。ジムも嫌々だった。だけど、今日は楽しみにしてたんだ」

「私もです！」

楽しみにしていてくれたことがうれしくて力が入ってしまい、しまったと後悔した。心の浮かれようを彼に知られるのは、ばつが悪いからだ。

しかし彼は私のほうに顔を向けて微笑むだけでホッとした。

「そっか。よかった。ウォーキングなんてつまらないんじゃないかと心配してて」

「いえ、楽しいです」

もちろん、沖さんが隣にいるからだ。ひとりだったら、さっさとUターンしていたかもしれない。

それにしても、彼も楽しみだったなんて。私と過ごす時間を少しは気に入ってくれているのだろうか、なんて期待してしまう。

突然背後から自転車のベルの音が聞こえて、沖さんが私の肩を不意に抱き寄せた。

立ち止まって自転車をやり過ごす間、彼の手は私の肩をつかんだままで、鼓動がどこまでも速まっていく。

やっぱり私、彼に恋をしている。花本くんに肩を組まれたって、こんなふうにドキドキしないもの。

「行こうか」

「はい」

彼の手が離れていくのが寂しいけれど、笑顔でうなずいた。

「沖さんの好きな食べ物はなんですか？」

幼稚園児のような質問をしてしまったが、もっと彼を知りたい。

「そうだな。酒のつまみ的なものならなんでも。肉がいいけど」

「私もお肉大好きです」

ここはしおらしく、おしゃれな食べ物にしておくべきかもしれないけれど、もうねぎ塩牛タンが好きなことも、ビーフジャーキーが常備してあることもばれている。特に取り繕うことなく言った。

「気が合うね」

「こういうときは、ヘルシーなお料理の名前でも言っておくのが無難なんでしょうけど……」

児玉さんたちとランチをした自然食あたり、健康に気を配る素敵な女性という感じがして好印象だけれど、私はやっぱり肉が食べたい。

「どうして？」

「そのほうが、ビーフジャーキーに食らいついているより、かわいらしくないですか？」

「食らいつくって」

彼はおかしそうに目を細める。

「一緒に食事に行ってサラダだけって言われたら、俺のほうが食べにくい。好きなものをおいしそうに食べる人のほうがいいな。ビーフジャーキーもあり」

気を使ってくれているのかもしれないけれど、自然体でいいと言われた気がしてホッとする。彼の前では野生の姿ばかり見せているし。

「そういえば……ずっと疑問なんだけど、ビーガンとベジタリアンってなにが違うの？」

「さあ？」

彼に尋ねられて首をひねった。

気にしたこともなかったけれど、きっとなにかが違うのだろう。

「知らないの、俺だけじゃなくてよかった」

沖さんがそんなところで安心しているのがおかしい。

「おっと」

彼はまた私の肩を引き寄せる。心臓が口から飛び出てきそうになったけれど、先ほど同じように私たちの横を自転車が通り過ぎていった。

「すみません」

沖さんは自転車の女性に声をかけた。

「ごめんなさい。気づかなくて」

「俺も話に夢中になってて気づかなかった。尾関さんと一緒だと楽しくて」

本当に？　くだらない話ばかりなのに、楽しんでくれているの？

「私も楽しいです」

「よかった」

この時間が永遠に続いてくれたらいいのに。

私はウォーキングのきっかけをくれた下腹部の贅肉に、初めて感謝した。

トータル一時間もウォーキングをしたのに、沖さんとの会話が弾んであっという間だった。

仕事の話から好きなビールの銘柄まで。それに、彼がバスケットの選手だったことまでわかって、距離がいっそう近くなったような気がする。

一方でポロポロと本音をこぼしてしまい、あきれられていないか少々心配でもある。

せっかくメイクを変えたことに気づいてもらえたのに、照れくささのあまり「すっぴんが一番好きなんです」と正直に告白してしまったし。

どうやら私、褒められるのが苦手みたいだ。恥ずかしすぎて余計なことばかり口にしてしまう。

「いい汗かいた」

マンションに戻ってくると、沖さんがさわやかに言う。

「はい。ビールがおいしそう。……って、ダイエットになりませんね」

「たしかにそうだけど、飲みたいよね」

彼はくすくす笑いながら言う。

「でも、今日は我慢します」

「それじゃあ、俺も。尾関さんが嫌じゃなかったら、また歩かない？」

誘ってくれるの？

「ぜひ。ひとりでは、今日で終了になりそうなので」

三日坊主どころか、一日で終わりそうだ。

達成感はあるしすがすがしい気分だけれど、家に帰ったら立ち上がる気力がなさそうで、日頃の運動不足を呪った。

「それじゃあ、せめて三回は続けよう。また土曜でもいい？　忙しいか……」

「スケジュール、真っ白なので大丈夫です」

また余計な発言をしたかも。彼氏がいないのは明かしたけれど、友達もいないみたいだ。……実際、遊んでくれる友達はいないのだけれど。

結婚して子供ができると、子供中心の生活になり自由気ままに外出できなくなる。旦那さまの転勤について遠方に引っ越した友人もいる。そうすると独身で残った私は孤立するようになった。

もともと出不精なのでそれほど気にならないし、自由を満喫できて快適ではあるけれど、時々ふと寂しくなることもある。人間って、つくづく勝手な生き物だ。

「俺と一緒だ。それじゃあ土曜日のまた五時でいい？」

「はい。よろしくお願いします」

「こちらこそ。久しぶりの運動だったら、マッサージしておいたほうがいいよ」

「そうします」

今日はゆっくり湯船につかって、筋肉をほぐしておこう。

「それじゃあ」

「おやすみなさい」

私が軽く会釈すると、彼は自分の部屋に入っていった。

「楽しかったー」

ベッドにダイブして、思わずつぶやく。しかし慌てて口を押さえた。

このマンションは比較的防音がしっかりしているけれど、万が一沖さんに聞かれたら……と焦ったのだ。

けれど、来週もまたこの楽しみが待っていると思うと、ワクワクが止まらない。

「お風呂入ろ。夕飯はどうしようかな……」

金曜までの仕事でエネルギーを使い果たしている土曜は、シャワーで済ませてカップ麺をすするなんてこともあるのだけれど、今日はきちんと料理をしたい気分だ。

「お肉、お肉」

アルコールを我慢して、代わりにお肉をしっかり食べよう。

私はバスタブにお湯をため始めたあと、冷蔵庫を覗いた。


筋肉痛は月曜にやってきた。

ふくらはぎと太ももにかすかな痛みを感じながら会社に出社し、コーヒーの準備をしていたら、児玉さんもやってきて私の隣に並んだ。

「尾関さん、聞いてくださいよ」

「どうしたの？」

「商社マンつかまえました」

そのひと言に手が止まる。

「彼氏は？」

「自然消滅するつもりです」

「そんな……」

つい先日できたばかりの彼氏を、そんなふうに振るの？

まったく予想外の行動に、思考がついていかない。

だって……その彼氏は今頃、児玉さんと付き合えて幸せを味わっているかもしれないんでしょう？　私が沖さんと一緒にウォーキングできて胸をときめかせたように、その彼だって……。

そう考えると、とても他人事《ひとごと》ではない。しかも自然消滅って……。

「そろそろ結婚適齢期なんですよ。大体、恋愛と結婚は別物じゃないですか。いい物件があればどんどん乗り換えていかないと」

「でも彼氏、児玉さんからの連絡を待ってるんじゃない？」

彼が気の毒すぎて少々むきになる。すると児玉さんは私の反論に気を悪くしたのか、表情を曇らせた。

「あの人、私からのメッセージは即既読だから、そうでしょうね。でも、そのうち気づきますって」

「……別れるなら、せめてはっきりそう伝えてあげたほうが……」

「面倒じゃないですか。私が悪者になるし」

悪者でしょう？と口から出かかって、ぐっとこらえた。

児玉さんの恋愛話を聞いてから、なんとなく気持ちが沈んでいる。

恋愛って、相手を期待させたり逆に期待したりして、ドキドキする時間が醍醐味だと思っていた。もちろん、すべてうまくいくわけではないので、苦しい時間があることも知っている。

ただ、相手を引きとめておくためだけに好きだと期待させておいて、もっといい条件の人が見つかったからいらないなんて……残酷すぎる。

私がおかしいのかな。皆児玉さんみたいに、割り切った交際をして結婚していくのかな……。

結婚した友人たちは皆、恋を実らせてゴールインしたんだと思い込んでいた私には、衝撃だった。

恋愛と結婚が別のものだなんて、二十八年生きてきて初めて知った。

だとしたら……沖さんとの約束を心待ちにして胸を高鳴らせても、もし彼が同じように思ってくれたとしても……結婚にたどりつく可能性は低い。だって、もう素の姿を見せてしまった。私は彼にとって、よい物件になりえないから。

気持ちが重いのに、クレームの電話が続いたうえ、児玉さんからちょっと厄介な見積書の作成を押しつけられて、心がかなり削られた。

さすがにそろそろ自分でやるように言わなくては。それを指導するのも責任者の仕事だ。

そう思った私は、席にいない彼女を捜すために廊下に出た。すると、休憩室から声が聞こえてくる。

「電話当番は、尾関さんに変わってもらうつもりだよ。あの人、お節介して気分がよくなる人だから、下手《したて》に出て『困ってるんです』って訴えたらちょろいって」

私の話？　ちょろいって……。

「だけど、病気とかならまだしも、ライブに行くためなんて、さすがにまずいんじゃない？」

もうひとりは児玉さんの同期のようだ。

「全然大丈夫だよ。せっかく取れたのに、チケットもったいないでしょ。あの人、超便利なんだから、使わないと」

児玉さんの発言に怒りで手が震える。

これまでの私はなんだったんだろう。

先輩だからなんとかしてあげなくてはと嫌な仕事を代わっていたのは、単なる私の〝お節介〟だったんだ。電話の相手に怒鳴られて気持ちが落ちることはあれど、一度だって気分がよくなったことなんてないのに。

後輩に『ちょろい』と言われてしまう自分が情けなくて視界がにじむ。

泣くのはこらえて席に戻り、パソコンのキーボードに手を置いて放心していると、ふたりが戻ってきた。

「尾関さん」

児玉さんが難しい顔をして、申し訳なさそうに私を呼ぶ。困っている演技が始まっているのだ。

「なに？」

「明日、私、五時から電話当番なんですけど――」

「代わらないわよ」

冷たい声できっぱり言うと、彼女は目を見開いている。

「ちょろくなくてごめんなさいね」

私がそう口にした瞬間、児玉さんの顔が引きつった。

「あと児玉さん。自分の仕事は自分でやってちょうだい。わからないなら聞いて覚えるべきでしょう？　私は便利な人じゃないの。いい加減にして！」

怒りで声が震える。

私がこんなふうに怒鳴ったのが初めてだったからか、部署の雰囲気が凍りついた。

これまで、ひたすら嫌なことも呑み込んできた。とうとう堪忍袋の緒が切れて爆発してしまったが、もうこれ以上の我慢は無理だった。


その日は、帰宅してからビールを一気にあおった。空腹なのに流し込んだからかすぐに体が熱くなったものの、頭はしっかりしていて児玉さんの顔が浮かんで苦しくなる。

「もー、最悪！」

お気に入りのふかふかの枕に拳を打ち込み、ベッドに突っ伏す。

部署の雰囲気を悪くして居心地が悪くなるのが嫌だからと、渋々ながらも仕事を引き受けていた自分にも悪いところがあったのだろう。

でも、最初から私を利用する気満々で、そのうえそれをあざ笑っていたなんて、やっぱり許せない。

夕食を作る気にもなれず、ビーフジャーキーをむしゃむしゃ食べ始めた。

こんな生活、体に悪そう……とは思うものの、今日は止められない。それからポテトチップスもひと袋空け、熱めのシャワーを浴びて早々に寝てしまった。


翌朝、塩分の摂りすぎなのかビールの飲みすぎなのか、むくんだ顔に最低限のメイクを施して、出社するためにマンションを出た。

マンションから数百メートル離れたところで、私の名前を呼ぶ声が聞こえる。この声は沖さんだ。

「尾関さん」

よりによってこんな不細工な顔を見せたくなかった。

駆け寄ってきた彼は「おはよ」とさわやかな笑みを浮かべて挨拶をしてくれる。私はうつむいたまま「おはようございます」と返した。

「体調悪い？」

顔を覗き込まれて、思わず背ける。

「いえ。ちょっと飲みすぎて……腫《は》れてるんです。あまり見ないでいただけると……」

「腫れてるっていうか……目が真っ赤だよ。なにかあったんじゃ？」

気配りのできる人は、勘も鋭いのだろうか。指摘されて目が泳ぐ。

「いえ。あの……えっと……コンタクト！　コンタクトを入れたまま寝てしまったんです」

しらじらしい嘘に自分でもあきれるものの、ほかになんと言ったらいいのかわからない。

昨日の出来事はまだ自分の心の中で消化できておらず、誰かに打ち明ける気になれないのだ。

「……そっか。俺も時々やる。気をつけないとね」

なにかを察したのだろう。彼は黙ったまま隣を歩き続けた。

満員の電車に乗り込むと、沖さんは不意に私の腕を引きドアの脇にある手すりにつかまらせてくれる。背の高い彼は私を人ごみから守るようにそのうしろに立った。

あれから話しかけてこないのは、なにがあったのか言いたくないとわかっているからかもしれない。

土曜のウォーキングまでには心を立て直して、彼に笑顔を見せたい。

電車が駅で停止するたびに、ガクッと体が揺れる。するとそのたびに彼がそっと肩に手を添えてくれて助かった。

「すみません」

「どこで降りるんだっけ？」

「次です。沖さんは？」

「……俺は乗り換えだったんだけど……」

そう言われて、ハッとした。もしやふたつ前の三つの路線が交差している駅で下車するはずだったのではないだろうか。

理由はわからずとも、私が落ち込んでいると思って寄り添ってくれた気がするのだ。

「ご、ごめんなさい」

「まだ時間に余裕があるから大丈夫。それより、尾関さんだよ。頑張れなんて言わない。今日は手を抜いてやり過ごそう。もし俺にできることがあれば言って」

優しい言葉に目の奥が熱くなる。

皆の前で啖呵《たんか》を切ってしまい、どんな顔をして出社すればいいのかと悩んでいたけれど、私は悪くない。堂々としていればいい。

「ありがとうございます。頑張り……じゃなかった。今日はゆるーく働きます」

「うん」

世の中には、こんなに優しい人もいるんだ。

地まで落ちていた気持ちが少し浮上してくる。

次の駅で一緒に降りた沖さんは、私が改札から出るまで見送り、駅の奥へと消えていった。

彼のうしろ姿に頭を下げて、一歩踏み出す。

「大丈夫。私はやれる」

自分に暗示をかけて気を引き締めると、ようやく酸素が肺に入ってきた気がした。

「おはようございます」

大きな声で挨拶をしながら会社に入る。すでに出社していた数人がこちらに視線を向けて「おはよう」と返してくれた。児玉さんはまだのようだ。

ごみ箱のごみを回収していると、ぱらぱらと何人も出社してくる。その中に児玉さんもいたけれど、彼女は私に視線を合わせもしなかった。

いつものように仕事が始まったものの、なんとなく空気が重い。緊張感が漂う部屋に響くのは、キーボードを叩く音だけだ。

「あのー、尾関さん」

「はい」

花本くんに話しかけられて振り返ると、彼の表情が硬い。

「先日の契約書なんですけど……訂正してほしくて」

「わかった。どこをどう？」

「ちょっとたくさんあるんですけど……」

彼は申し訳なさそうに説明を始めた。俗に言う〝陽キャ〟な彼のこれほど深刻そうな顔を初めて見た。

仮の契約書からの訂正はよくあることだし、いつもの彼なら『お願いしまーす』で終わりだ。確実に昨日の私の言動が尾を引いている。

それからも、私は腫れ物扱い。誰もが話しかけてくるときに気を使っているのがわかるし、もちろんランチも誘われなかった。

せっかくこれまで波風を立てずにやってきたのに、ため息が出そうだ。

やりすぎたんだろうな。でも我慢できなかった……。

お昼も抜いて一心不乱に仕事に打ち込んでいると、余計に悲しくなって胸に込み上げてくるものがある。

沖さんの『今日は手を抜いてやり過ごそう』という励ましの言葉を思い出した私は、書類を確認する振りをしてしばらくぼーっとしていた。

なんとか一日耐えきって、電話対応をしている児玉さんを横目に帰宅の準備を始める。彼女はクレームの電話を受けているようで、涙目になっていた。

少しは私がどんな気持ちで電話を代わっていたか、わかってくれるだろうか。

「お先に失礼します」

私がすっと立ち上がると、「お疲れさまでした」という事務的な挨拶が響いた。


それ以来、営業所では孤立してしまった。

「すぐ尾関に頼る児玉もよくないけど、尾関もなあ」

「あんなに怒らなくても、優しく言えばわかりそうなものなのに。児玉の立場もないよな」

トイレに行こうとすると、休憩室から営業の男性ふたりの声が聞こえてきた。

彼らは児玉さんと同僚の話は聞いていない。だからか、皆の前で叱られた児玉さんがかわいそうという同情心を抱いているのだろう。

「最悪……」

思わず口から小声が漏れた。

後輩の指導がうまくできていなかったのは認める。でも、あんなふうに言われて怒らない人がいるだろうか。

悶々とした気持ちを抱えつつも、あのときの状況を説明するのも言い訳がましく、さらには、なにも証拠がないのに信じてもらえる気がしなくて、唇を噛みしめるしかなかった。

それでも沖さんの言葉を胸に、自分の仕事だけを淡々とこなして金曜を迎えた。

夕方になり、近くの郵便局にお使いに行って戻ってくると、会議室から女性の声が聞こえてくる。先ほどまで会議をしていたので、片づけをしているのだろう。

「尾関さん、頭カチカチなの知ってる?」

通り過ぎようとしたのに、自分の名前が聞こえてきたので足が止まった。この声は、児玉さんだ。

「私が彼氏を乗り換えたことを話したら、固まってるんだもん。だから売れ残ってるのよ。メイクも持ってるものもダサいし、ああいうのを負け組って言うんだろうね」

私の悪口だ……。

月曜から、意地悪の矛先が完全に私に向いていて、心がもつれる。

私は彼女の言うように、たしかに勝ち組ではない。

以前彼氏と別れてから恋愛を放棄して、自由気ままに生きる道を選択して今に至る。

常に恋愛モードの児玉さんとは違い、流行には疎く、メイクにも持ち物にも無頓着だ。だから、神キーホルダーもつけたままにしてあったのだし。

自分磨きすら忘れていたということなんだろうな。


その日の帰り。電車で偶然沖さんを見つけた。背の高い彼は混雑している車内でもひときわ目立つのだ。

声をかけるために足を踏み出そうとしたものの、すぐにやめた。彼が、ぱっちりとした目のきれいな女性と話をしていたからだ。

沖さんの顔はほころんでおり、時折白い歯が見える。彼女はいないと話していたけれど、こんなに素敵な女性が身近にいたなんて。

そう考えたら、気持ちがいっそう沈む。

恋愛を放棄して身だしなみにも無頓着な私より、彼女のほうが沖さんにふさわしい。

彼との距離が縮まったと勘違いして浮かれていた気持ちが、一気にしぼんでいく。

ようやく次の恋に踏み出せそうだったのに、沖さんが遠いところに行ってしまったようで、泣きたくなった。

ダメだ。何事も前向きに考えられなくなってしまった。

ストレスのせいか深く眠れず、土曜の朝はどんよりした気分で目覚めた。珍しくまだ九時前だ。

沖さんとのせっかくのウォーキングなのに、体が重くて外出する気になれない。それでもベッドを出て、朝食を作ろうと冷蔵庫を覗いた。

けれどまるで食欲がなくて、ドアを閉じる。

今週はビールばかり進んでろくなものを食べなかった。一番まともだったのが、コンビニの鮭のおにぎりとねぎ塩牛タンだ。

自分でも驚くほど精神的なダメージを受けていて、どうしたらいいかわからない。

昼過ぎに泣く泣く、体調がすぐれないからと嘘をつき、断りのメッセージを送った。こんな調子では笑顔を作れず、沖さんに心配をかけてしまいそうだったからだ。

既読になった直後、玄関のチャイムが鳴りドアホンを確認すると、パーカーに眼鏡姿の沖さんが立っていた。

慌ててドアを開けると、彼は深刻な表情で私を見つめる。

「病院は？」

「……いえ。あの……」

結局、心配をかけてしまったらしい。

でも、今週の出来事をどう話したらいいかわからない。まだ傷が深すぎて笑い話にはできそうになく、涙をこらえられる自信がないのだ。

「目が真っ赤。本当に体調が悪いからなの？」

眼鏡越しに私の目を覗き込む彼は、嘘をすぐに見破った。おそらく、火曜に会ったときも浮かない顔をしていたからだろう。

「この目は、コンタクトをつけたまま……は、ダメですか？」

「そうだね。二度目だから却下かな」

彼は私を気遣ってか、冗談ぽく言う。

やっぱり、以前ごまかしたことに気づかれていたようだ。

「なにか食べた？」

「あまり食欲がなくて……」

「そっか。少し待ってて」

彼はそう言うと、エレベーターのほうに走っていった。

「待っててって？」

よくわからないけれど、一旦ドアを閉めて部屋に戻り、ぼさぼさの髪に櫛《くし》を入れる。

またひどい姿を見せてしまったけれど、まさか来てくれるとは思っていなかったので、仕方ない。

待っているように言われたからには戻ってくるのではないかと、ジャージからジーンズに着替えた。メイクをする時間はなさそうなので、バシャバシャと顔を洗い化粧水と乳液だけつける。

鏡に映った自分がげっそりしていて、これでは沖さんが心配するのも無理はないと反省した。

しばらくして、再びチャイムが鳴った。ドアを開けると、息を切らせた沖さんがいてコンビニの袋を差し出してくる。

「どうしたんですか？」

「久しぶりに走ったら、息が上がった。最近、筋トレばかりで有酸素運動してなかったからな」

もしかして、走って買いに行ってくれたの？

「なにが食べられそうか聞くの忘れて……。アイスにプリン、ハムサンドとおにぎり。ああ、一応ねぎ塩牛タンも。でも、顔色悪いからビールはなしね」

どうしよう。こんなに優しくされたら、涙が出てきてしまう。

「あ、ありがとうご……」

「どうした？　泣くほど調子悪い？」

「そうじゃ、なくて……。ちょっとつらいことがあって……。それで……」

そう伝えた頃には、こぼれた程度の涙ではなく、洪水のようにあふれ出てきていた。

「嫌だったら、あとで殴って」

彼はそんな前置きをしたあと、玄関に入ってきて私を抱きしめる。

「あっ……」

「落ち着くまで、こうしてていいかな？」

そんなふうに言われては、涙が止まるはずもない。私は彼のパーカーを握りしめて涙を流し続けた。

沖さんは私の背中に回した手に控えめに力を入れたあと、トントンと優しく叩いてくれる。

こんなふうに声をあげて泣いたのは、祖母が旅立って以来だ。恥ずかしいし迷惑だろうと思っても、どうしても止められなかった。

しばらくして、沖さんのパーカーが濡れていることに気づき、すさまじい勢いで離れる。すると彼は両手を顔の位置に上げて、目を丸くした。

「ごめん、嫌だったよね」

「そうじゃなくて、濡れちゃいました。ごめんなさい」

慌ててパーカーを手で払ったものの、もちろん涙が消えるわけがない。

「そんなこと気にしなくていいんだよ。俺がしたくてしたんだし」

したくて？

なんて優しい人だろう。

祖母のスニーカー選びにかなりの時間を割いてくれたときもそうだったけれど、他人のために動ける人って素敵だ。ますます恋心が募ってしまう。

でも、負け組の私が性格も容姿もいい彼に好かれるわけがない。きっと電車で見かけたような素敵な女性と結ばれるだろう。

いくら児玉さんの言葉を気にしないようにと思っても、ボディブローのように効いてきて、ネガティブになる。

先週まで、私もようやく恋ができるのではと期待いっぱいだったのに。

「すみません。みっともないところばかり」

彼の前ではきれいでいたいのに、よくないところばかり見せている。

今も、涙や鼻水で顔がぐしゃぐしゃだ。私は慌ててキッチンにあったティッシュを取り、顔を拭いた。

「泣くのって大事なんだよ。ストレスホルモンを放出できるんだって。だから、苦しいときは泣いたほうがいい」

こんなひどいありさまを見ても、まだ彼は励ましてくれる。

「ありがとうございます」

「なにがあったのかは……聞いちゃダメだよね」

彼は遠慮がちに言う。

「あの……」

「無理にとは思ってないから。もし話し相手が必要だったら、いつでも聞くよ。とにかく食べよう。体が元気にならないと、心も立ち直れない。ほかに食べたいものがあれば買いに――」

「もう十分です。沖さん、優しいから泣けちゃって……。ごめんなさい。しっかりいただきます」

「うん。それじゃあ」

沖さんは優しい笑顔を残して戻っていった。

何度も深呼吸をして心を落ち着けた私は、インスタントコーヒーを淹れてハムサンドに手を伸ばした。

「おいしい」

まだじわじわと視界がにじむ。しかし、朝よりずっと心が軽くなったような気がする。沖さんの言う通り、ストレスホルモンが出ていってくれたのかもしれない。

沖さんの腕の中、温かかったな……。

母に叱られると、祖母がああして私を抱きしめ、いつも慰めてくれたっけ。祖母は小柄で沖さんとは体のサイズがまったく違うけれど、温かさは同じ。祖母に包まれていると安心して素直に母に謝れた。

「おばあちゃん。スニーカーの人、すごくいい人だったよ」

祖母の笑顔を思い浮かべながらつぶやく。

せっかく再会してお近づきになれたのに、児玉さんの言葉に翻弄《ほんろう》されて、このままあきらめても後悔しない？

児玉さんの周囲にいる男性と、沖さんは違う。彼は私の素顔を見ても動じないし、それどころか『俺もすっぴん』とユーモアいっぱいに返してくれるような人だ。しかも、みっともなく泣く私を嫌がったりせず、話を聞いてくれるとまで言う。

今は心に余裕がなくて告白するパワーも残っていないけれど、なにもせずにあきらめるのだけはやめようと、心の中でひそかに誓った。

さすがに全部は食べられず、ねぎ塩牛タンを堪能したあと、常備してあったチョコレートとカシューナッツを手に隣の部屋に赴く。思いきってチャイムを押すと、すさまじい勢いでドアが開いて、目を丸くした沖さんが顔を出した。

「どうした？」

「あっ……メイクしてくればよかった」

「あはは。必要ないよ。十分かわいい」

今、かわいいと言った？

間違いなく社交辞令なのに、舞い上がってしまう。

「あの……心配をおかけして申し訳ありませんでした。ストレスホルモン、ほんとに出ていってくれたみたいです。このへんが軽くなって、ねぎ塩牛タンおいしくいただきました」

胸を押さえながら言うと、彼はうれしそうに目を細める。

「役に立ててよかった」

「買いに行く元気がまだないので、在庫ですけど……」

袋を渡すと、彼は頬を緩める。

「俺、ナッツ好きなんだよ」

「よかった」

好きなものを知れるだけで、心が躍る。

これって、やっぱり恋だよね？

「えっと……」

私が再び話し始めると、彼は真剣な表情で耳を傾けてくれる。

「会社で面倒な仕事を押しつけてくる後輩が、私を便利な人扱いしていると知ってしまって……」

悩みのもとを告白すると、彼は目を見開く。

「ひどいな」

「それで私、悔しくて言い返しちゃったんです」

「当然だ」

私も当然だと思ってた。でも、いきさつをくわしく知らない会社の人たちの多くは、

〝あんなにきつい言い方をしなくても。児玉さんがかわいそう〟と感じているのがありありとわかる。

結局、口のうまい児玉さんに負けているのだ。

「それからその後輩に、負け組だとかダサいとか悪口を言われるようになって……」

ダメだ。やっぱりまだ傷から血が噴き出している。もう泣くまいと思ったのに、目がじわじわ潤んできてしまった。

「よかったら、入って」

「いえ、でも」

「変なことは絶対にしないから。ああっ、ちょっと待って。散らかってる」

沖さんはバタバタと中に入っていき、ソファの上にあったパジャマらしきものを丸めて洗面所のほうに持っていくのが見えた。

「入って、入って」

「でも、ほかの女性に誤解されるようなことは――」

「ん？　誤解されて困るような人はいないけど」

電車で見かけた女性がどうしても気になって言うと、彼は不思議そうな顔をしている。

「昨日電車で、きれいな方とお話しされているのをお見かけして……」

「電車？」

彼は首をひねりながら考え始めた。

「あっ、彼女は浅海の大切な人だよ。うちの会社で働いてるんだ。なんだ、見かけたなら声をかけてくれればよかったのに」

本当に？

その場に座り込みたいほどホッとして気が抜ける。職場でつらいことがあったうえ、告白する前に失恋もなんて、やっぱりかなりきつい。

「余計な気を使わせてしまったね」

「いえ、そんな」

勝手に勘違いして落ち込んでいただけだ。

「どうぞ」

もう一度促されたので、会釈してから足を踏み入れた。

角部屋のここは我が家とは違い、広いリビングがある。家具やカーテンはブラウンで統一されており、とてもおしゃれだ。

ダイニングテーブルに空のペットボトルが二本とスポーツ雑誌が置いてあったもの

の、散らかっているというほどでもなかった。

「ここ座って」

「は、はい。すみません」

二人掛けのソファを勧められて、少し緊張しつつも腰かける。彼は奥の寝室のドアを閉めたあと、口を開いた。

「コーヒーでいい？」

「お構いなく」

「でも俺、いつもブラックで。ミルクも砂糖もないんだ。料理用の砂糖ならあるけど」

「私もブラック派です」

そう伝えると、彼はうなずいてキッチンに行った。

「そういえば、エッグベネディクトのときもブラックで飲んでたね。って、観察されてて気持ち悪い？」

彼がそんなふうに言うので、少しおかしい。

「いえいえ」

あのときたしか、さりげなく私のほうにガムシロップを差し出してくれた気がする。

それを入れなかったので気づいただけだろう。

「正直に言っていいんだよ。そうじゃないと誤解が生まれるから」

「ほんとですよ」

「嫌われなくてよかった」

こんな気遣いのできる彼を嫌いになる人なんているのだろうか。

「インスタントだけど」

彼はそう言いながら、ガラスのテーブルにコーヒーを置き、隣に座った。近すぎる距離に心臓がドクドクと大きな音を立て始める。

「うちもです。いただきます」

必死に平静を装いながら、コーヒーカップに手を伸ばしてひと口飲んだ。少し薄めのそれは、彼の好みなのかたまたまなのか……。

「あれ、薄いね」

「大丈夫です」

たまたまだったようで、彼はばつの悪そうな顔をしていた。

「ちょうどチョコとナッツがあるんだけど食べる?」

緊張を感じ取ったのか、彼は少しおどけた調子でそう言いながら、私が持ってきた袋を掲げる。

「はい」

私が元気に返事をすると、彼はうれしそうに微笑んだ。

「引きとめてごめん。もう用がなければ、食べるだけ食べて帰ればいいから」

「すみません。情緒不安定で、お見苦しいところ――」

「見苦しくなんかないよ」

真顔の彼がきっぱり言う。

「言い返したって問題ない。悪口まで……そんな失礼な人、俺も絶対に許せない」

彼は膝の上の手を強く握りしめ、憤りを表す。

私のためにそれほど怒ってくれるとは思わなかった。

「気にするな、なんてきれいごとは言わない。心のけがは、外からは見えないからわかりにくいけど、実は深くてひどいことが多い。今の尾関さんの心は、ズタズタに引き裂かれてる。すごく痛いはずだ」

そう力説されると、再び鼻の奥がツーンとする。ようやくこの苦しい胸の内を理解してくれる人を見つけたという安堵で、少し気が抜けた。

「会社の人たちの中には、後輩を皆の前で叱るなんてって、私を責める人もいて……。私が悪かったのかなって、混乱して」

「悪いのは間違いなく後輩だ。混乱なんてしなくていい。断言する」

彼は真剣な表情で私を見つめた。

その力強い言葉に、気持ちが落ち着いていく。

「ありがとうございます」

私が笑顔を作ってお礼を言うと、彼はうなずいて安心したように緊張をほどいた。

「人って、誰かの欠点を探して自分が優位に立つことで安心する、卑怯《ひきょう》な生き物なんだ。でも、それを常にしてる人とそうでない人の違い、わかる？」

「いえ……」

私が答えると、彼は小さくうなずいてから口を開く。

「俺は、余裕があるかないかだと思ってる。仕事で一流のアスリートに会うと、ライバル選手をリスペクトしてるなと感じるんだ。もちろん負けたら悔しいだろうし、それこそ泣くことだってあるはず。でも、ライバルのあら探しをして勝った気になんて絶対にならない。彼らはそんなことに必死にならなくても、チャンスがあれば実力で相手を倒せるからね」

彼の言葉には説得力がある。たしかにそうだ。一流であればあるほど、負けた悔しさは正々堂々と競技で返すのだろう。そうでなければ意味がないと知っているのだ、きっと。

「その後輩は、仕事では自分にスキルがないことを自覚していて、自信がない。だから誰かの小さなほころびを探して、見つけた瞬間攻撃する。自分が優位に立とうと必死なんだ」

「そっか……」

児玉さんも仕事を完璧にして見返せばよかったのに、それができないから私の悪口を吹聴しているんだと思ったら、心がすっと軽くなる。

たしかに児玉さんは、周囲の同僚たちを必死に観察している節がある。誰かが新しいバッグを持っていれば、次の日に自分もいつもと違うバッグで出社してくる。私が眉の描き方を変えたのにすぐに気づいたのもそのせいだろう。

私はそこまで他人に興味がないのもあって、ちょっとした変化くらいでは気づかない。だから児玉さんを見て、流行に敏感で、女子力があるというのはこういう人のことをいうんだろうなと単純に感心していたけれど、スキルの足りない自分を守るために、そうしたことで優位に立とうとしていたのかも……。

そんなふうに考えたことがなく、目から鱗が落ちるようだった。

「と言っても、腹は立つよね。……はい」

床に膝立ちになった彼は、なぜかクッションを手にして私の前に掲げる。

「なんでしょう？」

「好きなだけ殴っていいよ。サンドバッグの代わり」

沖さんの発想に笑みがこぼれる。

私……さっきまで悲しい涙で頬を濡らしていたのに、こんなに笑えてる。

「俺、ジム行ってるから筋肉はあるよ。遠慮なくバコン！とどうぞ」

沖さんが脇を閉めて構えるので、私は腰を浮かした。

「お、いいぞ。いけいけ」

「なにが、超便利よ！」

私はそう叫びながら、拳を打ちつけた。

難なくそれを受け止めた彼は、楽しそうに目を細める。

「もう一発」

「負け組で悪かったわね！」

体勢を整えてからもう一度パンチを繰り出すと、沖さんがうしろに倒れたので焦る。

「えっ……沖さん？」

「いいパンチだった。ボクササイズ向いてるかも」

むくっと起き上がった彼を見て、安心して大きく息を吐き出すと、くすくす笑っている。

「ちょっとすっきりしたでしょ？」

「はい。めちゃくちゃ。悩んでたのがバカらしくなりました」

もちろん、クッションを殴ったからだけじゃない。彼の言葉が心にしみたのだ。

「いつでもサンドバッグになるから。もうちょっと鍛えとく」

沖さんは右手を上げて力こぶを作ってみせる。

「すごっ……」

「パンチを受け止めるだけじゃなくて、尾関さんを守ることもできるよ。だから、なにかあったら頼ってほしい。……なんて、大口叩いてやがるって浅海に笑われそうだ」

彼は茶化して頬を緩めたが、その目は真剣だった。

精いっぱい励ましてくれているのが伝わってきて、胸が温かくなる。

「大口うれしいです。……って、なんかおかしいですね」

「尾関さんが元気になるなら、なんでもいいや。食べようか」

「はい」

彼がカシューナッツを勧めてくれたので、手を伸ばした。

強がりはいらない　Ｓｉｄｅ沖

尾関さんを二度目のウォーキングに誘ってから、どこか心が浮ついている。

彼女とおそろいのスニーカーを丁寧に洗い、次のウォーキングに着ていくトレーニングウエアまで事前に選んで……。

なんだろう、この気持ち。

けがをさせられてから他人を信じるのが怖くなり、浅海以外の人間とは積極的にかかわらなくなった。それなのに、尾関さんと話しているのが楽しいのだ。

「まさか、だよな……」

恋や愛というものからは、もうずっと遠ざかっている。それも、あのけがで恋人を失ってからだ。

当時、東京ベイシーズでマネージャーとして俺を支えてくれていた唯香《ゆいか》との付き合いは、約一年続いた。

告白は彼女のほうから。バスケに集中したくて最初は断ったものの、二度目の告白にうなずいた。

けがをして戦線離脱したときも入院先の病院にお見舞いに来てくれていたが、俺が抜けたあとのチームの様子を目を輝かせて語り、極めつきは『俊典がいなくても、リーグを勝ち上がっていけそう。千賀さんの調子がいいの。頑張って復帰しないとポジションなくなっちゃうよ』と言った。

千賀さんは、同じポジションを争う先輩だ。各ポジション、数人ずつレギュラーはいるけれど、彼も日本代表を目指しており、いわば完全なるライバルだった。

唯香に悪気などなく、チームは大丈夫だと伝えて、俺の復帰への意欲を煽《あお》りたかったのかもしれない。

しかし、熾烈《しれつ》なポジション争いに身を置き、日本代表に選抜されることに命をかけていた俺には、あまりに痛い言葉だった。

元のようにプレーできるようになるのかという不安のどん底で、もうお前はいらないと死刑宣告されたように感じたのだ。

特に、一番のライバルでけがのきっかけになった千賀さんについて持ち出されたのも、怒りが爆発した大きな理由だ。このけがは、千賀さんのラフプレーが原因だったのだから。

『もう来ないでくれ。俺たちは終わりだ』

未熟で、感情のコントロールがうまくできなかった俺は、そう冷たく言い放ってしまった。

恋人なら、俺の気持ちを第一に慮《おもんぱか》ってほしかった。

そんな勝手な感情で突き放した自覚はあったが、彼女を追いかけはしなかった。以前から、唯香との関係には引っかかるところがあったからだ。

彼女は俺が試合でチームに貢献すると満面の笑みで迎えてくれたが、うまく機能できなかったときは、励ますのではなくあからさまに顔をしかめた。その態度が、バスケットボール選手として活躍する恋人しかいらないと言っているようで、完全に彼女に心を開けなかったのだ。

それから一度も見舞いに訪れることはなく、けがをしてから三カ月後にチームに顔を出したとき、彼女は千賀さんの隣にいた。

なにが起こっているのかわからなかったが、チームメイトからあのふたりが最近付き合い始めたと聞いて、頭が真っ白になった。

唯香を捕まえて問いただすと、『俊典が終わりだって言ったのよ。なにが悪いの？』と言われ、その通りだと納得した。けれど、もうひとりのマネージャーに『唯香が付き合うのはキャプテンとかエースばかりなんです。だから今回もやっぱりそうだよねという感じで。だから沖さんが悪いわけじゃないですよ』と元気づけられ、俺が突き放さなくても彼女は離れていったのだろうなと感じた。

唯香は俺のけがが重く復帰までに長い時間を要すること、そしておそらく以前のようにはプレーできないことを知っていた。バスケ選手としてこれ以上の活躍が見込めない俺ではなく、日本代表に招集される可能性を秘めた千賀さんを選んだのだ。

彼女が離れていったというショックより、自分の選手としての限界を突きつけられたようで、心が粉々に壊れてしまった。

それでもリハビリに励み、コートに立てるようになるとひとり残って練習に没頭した。しかし、全力で走っているつもりなのに以前のような速さは戻らず、焦りは募る。

その一方、チームのエースとして華々しい活躍を見せる千賀さんは、ついに日本代表入りを果たした。

思えば、俺が引退を決めたのは、体より心が持たなかったからかもしれない。

手術を担当してくれた医師からは、百パーセント元通りとはいかないと宣告されていたが、それでも日本代表入りをあきらめるつもりはなかった。

しかし、けがのきっかけになった千賀さんと、あっさり俺を見限った唯香を前にあがいているのが苦しくなっていった。

けがを乗り越えられなかったのは自分自身だ。日本代表でなければまだやれたのに、バスケ自体をやめると決めたのも自分。

結局、挫折したのは俺なのだ。

それからは、バスケットボール選手だった自分を忘れるように仕事に打ち込んできた。数々の選手とスポンサー契約を交わしてきたけれど、バスケの選手とだけは一度も接触していない。

あれ以来、恋愛からも遠ざかっている。

一生ひとりでいるつもりだったのに、尾関さんに再会してから、彼女が気になって仕方ない。

これが恋だとしたら……。そんなふうに期待してしまう自分がいる。

そもそも、彼女がおばあさんにスニーカーをいくつも履かせて、『大好きな散歩を続けさせてあげたいんです』と俺に語ったあのときから、気になっていたんだと思う。他人のために必死になれる人だと好感を抱いたからだ。

とはいえ、もう一歩踏み込めない。人はあっさり裏切るものだという刷り込みが、俺をがんじがらめにしていた。

楽しみにしていたウォーキングの日。尾関さんからキャンセルのメッセージが届いて、残念に思ったのと同時に心配になった。

火曜の朝に会ったとき、目を真っ赤にして沈んでいたからだ。コンタクトをつけたまま寝てしまったと話していたが、泣いたのだと確信していた。

しかし、まだ知り合って間もない俺が心の中にずかずかと入っていくのも悪いと思い、理由を追及するのは遠慮した。

それがあったので、体調不良というのが嘘ではないかと感じた。気になって部屋を訪ねると、案の定、彼女はまた泣き腫らした目をしていた。

どうしたら彼女の役に立てるのかと考え、食欲がないと聞いて食べるものを買いに走った。慌てすぎてなにが食べたいか聞くのを忘れるという失態をしたが、食欲がなくても食べられそうなものを選び、最後にねぎ塩牛タンも追加した。体ではなく心の不調なのだろうと薄々感じていたからだ。

尾関さんにそれらを渡した直後、大粒の涙があとからあとからあふれてきて、思わず抱きしめてしまった。

つらかったときの自分と重なったからだ。

泣きたくなんてないのに涙が勝手に出てくるという経験を、けがをして初めてした。

あのときのように、声を震わせて泣く彼女をとても放っておけなかったのだ。

一旦部屋に戻ったが、それから二時間後、彼女はチョコとナッツを持って俺の家を訪ねてくれた。

彼女の口から明かされた話はあまりにひどいもので、怒りで強く拳を握りすぎて、手が赤くなったくらいだった。

ただ、そうした理不尽な世界があることは痛いほど知っている。

間違いなくわざとぶつかられてけがをし、謝罪を求めても『他人のせいにするな』ととがめられた昔の自分の状況と似ていると思った俺は、尾関さんをなんとか励まさなくてはと一生懸命だった。

〝そのうち忘れる〟というようなきれいごとを言うつもりは毛頭なく、これまでの人生で学んだことをフル動員して話をした。

次第に彼女の表情が和らいできて、心の傷が少しは癒《い》えたのではないかと思い、今度はクッションを殴らせることにした。もちろん、ストレス発散のためだ。

尾関さんは最初は戸惑っていたものの、重いパンチを打ち込み、ようやく笑った。

悔しくて流した涙を、この先何度も思い出すかもしれない。けれど彼女がいつか、あのときは苦しかったけど今は幸せだと思えるように、なにか手伝えたらと思った。

翌日の日曜日。やっぱり尾関さんが気になって、昼過ぎに【スーパーに行かない？】とメッセージを入れた。

最初は、彼女のためになにか食べ物を買ってこようと思っていたが、部屋から連れ出したほうがいいのではないかと考えたからだ。

まだそんな気にはなれないかもしれないと、スマホを握りしめて画面を見つめていると、既読がつきすぐに返事があった。

【行きます。でも、すっぴんなのでメイクする時間をください】

そんな返事に笑みがこぼれる。

メイクなんてしなくても十分かわいらしいのだが、たしかに会社の同僚の女性でノーメイクの人を見たことがない。社会的なマナーなのかわからないけれど、女性は大変だなと思う。

【終わったらメッセージくれる？】

そう返してから、俺も着替え始めた。

秋口にしては気温が高く、半袖の黒いTシャツにベージュのチノパンを合わせる。眼鏡をコンタクトに替えようとしたが、やめておいた。きっとまだ目が腫れている尾関さんが、眼鏡で来るような気がしたからだ。

尾関さんの黒縁の大きな眼鏡は、彼女を少し幼く見せる。それもかわいらしいのだが、彼女は手抜きの恰好だと思っているようだ。

しかし、俺に素顔をさらしたり部屋着姿を見せたりしたあと、〝しまった〟という顔をしているのがまたかわいらしい。

待つこと十五分。【顔、できました】というメッセージに少し笑ってしまった。

尾関さんは、変に自分を取り繕おうとしない。裏表のある人間を多く見てきたからかそんな彼女が新鮮で、俺の心も自然と開いていく。

早速迎えに行くと、彼女も部屋から出てきた。長い髪を高めの位置でひとつに結った彼女は予想通り眼鏡姿で、コンタクトに替えなくてよかったと思う。

彼女の目はまだ少し赤かったが、昨日ほどではなく安心した。

簡単に傷は癒えないし、明日また敵だらけの会社に出社しなければならないのだから心中穏やかではないだろう。それでも、少しずつ前に進むしかないのだ。

「急に誘ってごめんね」

「いえ、ありがたいです。あれっ、思ったより暑いですね」

長袖のネイビーのTシャツにジーンズを合わせた彼女は、半袖姿の俺を見て言う。

「着替えてくる？」

「いえ、このままで」

「この時季、着るものが難しいよね」

室内に入ると冷房が利きすぎていて寒いこともあるし、かといって日差しの下を歩くときは暑い。

「そうなんですよね。これで雨が降ったら、また寒くなるし」

歩き始めた彼女はそう言いながら、口角を上げてみせる。少しぎこちなく感じるのは、まだ心から笑える状態ではないからに違いない。それでも、俺に心配をかけまいとしているのだろう、きっと。

「俺の前では素でいいから」

「あはっ。いつもそうで、すみません。ちょっと髪もアイロンで伸ばすの面倒くさくて……」

それで結っているのか。

「それで十分だよ。ここも無理して伸ばさなくていいから」

俺が胸に手を当てて言うと、彼女は眼鏡の奥の目を見開いている。

きっと今の彼女の心はしわしわだ。でも、一旦できたしわは簡単に伸びるものではないと俺もよく知っている。

「沖さんって……人たらしですよね」

「ん？」

首を傾げると、彼女は今度は本当に楽しそうな笑みを浮かべて口を開く。

「えーっと……そう！　みたらし団子好きですよね」

まさか、〝たらし〟をごまかすために言っているのだろうか。発想がおかしくて、自然と笑顔になる。

「好きって決まってるんだ」

「決まってるんです」

「それじゃあ、買って帰ろう」

「やった」

少しずつ元気を取り戻しているようでよかった。

徒歩十分くらいのところにあるスーパーマーケットは、休日ということもあってか混雑していた。

尾関さんは慣れた様子でカートにカゴを載せて店内に入る。

「俺も一緒に入れていい？」

「もちろん、どうぞ。なに買います？」

「ビールと……冷凍食品は絶対」

いつも必ず買うものを言うと、「一緒だ」と少しばつが悪そうにしている。

「疲れて帰ってきてから飯作るとか無理」

「ですよね。自炊したほうがいいのはわかってるんですけど、レンジのチンという音を聞きたくなるんですよ」

彼女の言い訳がかわいい。

「でも、バスケやってたときの食生活が抜けてなくて、タンパク質とか無意識に摂ってるかも」

「タンパク質って、なににいいんですか？」

「筋肉をつけたり、傷ついた筋肉を修復したりするかな。プロテインって聞いたことない？」

「あ、あのまずいやつだ……」

どうやら飲んだことがあるようで、顔をしかめている。

「最近はおいしいのも出てるよ。でも現役じゃないからプロテインまでは……。乳製品とか、鶏のささみとかはよく食べてる」

「すごい。私、野菜が足りてないとかそのくらいしか考えたことないや」

「それで十分だよ」

細かな栄養素まで気になるのは、職業病のようなものだ。普通の生活をするのにそんなに気にしていたら疲れるだろう。

「尾関さん、自炊もすることはする？」

「一応少しは。でも時間がかかる煮込み料理とかは全然。野菜炒めとか、最近キムチ雑炊にはまってるんですよね」

「うまそうだ」

俺がそう返すと、彼女は少し自慢げな顔をした。

「作ってみます？ 十五分もあればできますよ。鍋にキムチと、あとは肉でも野菜でも好きなものを入れて、炊いておいたご飯も投入して、最後にごま油をちょっと垂らすんです。お好みでたまごを入れるのも最高です」

「それなら俺にもできるかも」

「それじゃあ、キムチ買いましょう。ごま油は持ってます？」

空元気かもしれないけれど、笑顔の彼女を見て誘ってよかったと思った。

しっかりみたらし団子も購入してスーパーを出る。彼女の買い物バッグを持とうとすると、首を横に振った。

「筋トレなんです。お気遣いありがとうございます」

気を使っているのは彼女のほうだ。こうやっていつも遠慮ばかりしているのかなと思わせた。しかも、相手が嫌な思いをしない言葉をとっさにチョイスするのがすごい。

彼女は無意識かもしれないけれど。

「たまには甘えてみなよ。というほど重くないけど」

俺が強引にバッグを持つと、彼女は目を丸くした。

「どうかした？」

「……ちょっとなんか……照れくさいというか……」

よく見ると耳が赤くなっている。

「尾関さんって、絶望的に甘えるのが下手《へた》なんだ」

「絶望的って……」

彼女はふと頬を緩める。

「迷惑かけたとかひとり反省会してそう」

「見てるんですか？」

「見てないけど」

やっぱりそうだ。気を使いすぎて疲れるタイプなのだろう。だから困っている後輩に気づいてしまうし、放っておけないのだ。

少し鈍感なほうが生きやすいだろうに。

そんなことを考えながら、遠慮なしにずけずけと物申してくる坂田を思い出していた。

「俺の部下と足して二で割りたい。いや、あいつと足すのは嫌だな」

「楽しそうな職場ですね」

「いつも雷落としてばかりだよ。でもあいつ、ちょっとしびれるだけで不死身なんだ」

へこたれず何度でも這い上がってくるのは、彼のいいところだ。浅海もそこを評価している。

「不死身か……手ごわいですね」

「そうなん――」

そのとき、向かいから歩いてきた女性に気づいて足が止まった。十二年ぶりに見かけた唯香だったからだ。あの頃より髪が短く、ほっそりした気もするが、あまり変わっていなかった。

「俊典？」

彼女のほうも俺に気づいて声をかけてくる。

「久しぶりだね。元気にしてた？」

無視するのもおかしいと思い、社交辞令で尋ねる。

引退して一年ほどしてから、千賀さんと結婚したと風の噂で聞いたが、なんとなく表情が暗くて幸せそうには見えない。

「……うん。彼女？」

唯香は、俺の隣の尾関さんに視線を移して言う。

「……そう」

俺はとっさに嘘をついた。すると尾関さんは驚いた顔をしたものの、なにかを察したようで否定せず唯香に軽く会釈してくれる。

「そっか。お邪魔しました。まだ、あのマンションに？」

ここから近いから、単に尋ねただけだろう。

「さあ？　失礼するよ。行こうか」

俺は尾関さんを促して足を前に進めた。

しばらく歩き、唯香から離れたところで足を止める。

「彼女だなんて嘘ついてごめん」

「ああっ、大丈夫です。……こちらこそ光栄です？」

彼女が小首を傾げながら明るく言うので、ホッとした。怒らせてはいないようだ。

「ちょっと、昔の知り合いで」

そう濁したけれど、あの状況で元彼女だと気づかない人はいないはず。尾関さんへの恋心を自覚した途端、こんなことになるなんて。

「あっ、はい」

尾関さんは気まずそうに目を伏せたけれど、すぐに顔を上げて俺を見る。

「そうだ。キムチ雑炊、最後にとろけるチーズを入れるのも最高ですから、試してみてください。タンパク質ゲットです」

淀んだ空気を一掃しようとしてくれているのが伝わってきて、ありがたい。

「よかったら、一緒に作らない？　あっ、いや……なんでも――」

唯香に会ったことで、あの頃の苦しさがよみがえってきそうになった俺は、とんでもないお誘いをしてしまった。

現在進行形でつらい思いをしている尾関さんに頼るなんて、俺、どうかしてる。

「作りましょう！　うち、チーズあります」

こんなときに彼女に気を使わせるなんて最低だ。

「いや、ごめん。なに迷惑かけてるんだろうね、俺」

「迷惑じゃないですよ。どうせ同じもの作るなら、一緒のほうが洗い物も楽じゃないですか。……じゃなくて、沖さんが迷惑ですよね」

俺から言い出したのに、尾関さんが気にする必要はない。

「迷惑なわけないよ。お言葉に甘えても？」

「沖さんって、甘えるの下手ですよね」

先ほど彼女に言った言葉を返されて、笑ってしまった。たしかにそうだ。

「ほんとだ。他人のことは言えない」

「でしょう？　それで、チーズ多めにします？」

「もちろん。肉も多めで」

「それは最初から決まってます」

したり顔で言う彼女のおかげで、落ちた気持ちが上昇した。

さすがに女性の部屋に入るのも悪く、俺の部屋で作ることにした。

素直に部屋に来てくれるのは、俺を信頼してくれている証《あかし》なのか、男としてまったく見てもらえていないのか、どちらだろう。

キッチンに並んで立ち、早速調理を始める。自炊はたまにしかしないと話していたのに、彼女の手際がよくて驚いた。

「料理上手な人の進め方だ」

鍋を火にかけながら流しで洗い物をするという、俺にしてみれば離れ業をこなしている。俺は湯を沸かし始めたら、沸くまでほかのことはできないから。

「そうですか？　小さい頃から母の手伝いはしてたので」

「お母さんは、今どうしてるの？」

「実は両親は離婚していて、母は五年くらい前に再婚したんです。それからは祖母とふたり暮らしでした。母は幸せそうにしているし、趣味三昧《ざんまい》ですよ」

「そっか……」

「なのに、この無趣味な娘。どうしちゃったんでしょうね」

彼女はくすくす笑いながら、鍋にご飯を投入した。

「沖さん、味見してください。塩気が薄ければ、鶏ガラを足しますから」

彼女はご飯をスプーンにのせ、息を吹きかけて冷ましてくれる。

「あっ。子供じゃないのに、すみません」

「猫舌だからありがたい」

スプーンを受け取り口に運ぶと、想像より優しい味がした。いや、尾関さんが作ってくれるから優しく感じるのかもしれない。

「塩加減、ちょうどいいよ」

「じゃああとは、贅沢にたまごとチーズを……」

チーズをぱらぱらと入れていく尾関さんは、うきうきした様子だ。少しは気がまぎれただろうか。

遠い昔に終わった俺の恋なんてどうでもいい。今はそれより、目の前の彼女の心の傷だ。

「俺、鍋にキムチ入れただけな気がする……」

「あっ、すみません、勝手に……」

「いや、そうじゃなくて。全部やらせて申し訳ない」

手際がよすぎて俺の出番はなかったのだが、負担をかけてしまった。

「全部じゃないですよ。私、キムチは入れてないです」

そう言って微笑む彼女は、やっぱり優しい。

「食べましょう」

「そうだね」

どんぶりにキムチ雑炊をよそい、ダイニングテーブルに運ぶ。

早速口に入れたキムチ雑炊は、やっぱり優しい味がした。見た目ほど辛くなく、いくらでも食べられそうだ。

「うまいね」

「でしょー？　簡単だしおいしいので、冬は特によく作るんです。沖さんもぜひ」

「そうする」

他愛ない会話を交わしながら食べ進み、もう少しで空になるところで、尾関さんが口を開いた。

「沖さん、ありがとうございました」

「突然どうしたの？」

改まって頭を下げる彼女に首をひねる。

「沖さんがいなかったら、土日ずっと泣いているところでした。ストレス発散させてくれたり、こうやって楽しい時間を持たせてくれたり……。正直、もう会社に行きたくなかったんですけど、一流になりたくなりました」

「一流って？」

「仕事に関しては、それなりになんでも対応できるようになってきたと自負してましたけど、まだ余裕がないんだとわかりました。だから、ちょっとしたことでも腹が立つ。後輩になにを言われても笑っていられるくらいの一流を目指します。文句や悪口は、私に仕事で勝ってからにしなさいって言えるでしょう?」

彼女に向けられた悪意ある言葉は、〝ちょっとしたこと〟ではない。怒って当然だし、傷ついて泣くのも当然だ。おそらく尾関さんもわかっているはず。

ただ、前を向いて進むと自分を奮い立たせているのだろう。

「尾関さんの頑張りたいという気持ちは、本当に素晴らしい。でも、言ったよね。泣きたいときは泣いて、ストレスホルモンを放出させたほうがいいって。だから、約束してほしい」

彼女の前に小指を立てると、首を傾げている。

「約束って?」

「泣くのを我慢しないこと。腹が立ったらクッションを殴りに来ること。食欲がなくなったら、一緒にキムチ雑炊を作って食べること」

そう伝えると、たちまち彼女の顔がゆがみ、頬にひと筋の涙が伝う。やはり強がっていたのだ。

彼女は涙を拭いながら口を開いた。

「もー、沖さんずるい。女の子泣かせちゃダメなんだー」

彼女は泣いているのに、そう言いながら口角を上げる。

「罪な男でごめん」

「あはっ。ありがとうございます。約束します」

涙が止まった尾関さんは、俺の小指に小指を絡めた。


唯香に再会してけがをしてつらかった頃のことを思い出し、もっと心が乱れるのではないかと思ったのに、月曜の朝はすっきりした気持ちで出社した。それも、尾関さんとの時間があったからだろう。

彼女を励ますつもりだったのに、俺のほうが励まされている。

「沖さん」

「どうした、不死身」

「不死身？」

書類を手にした坂田がきょとんとしている。

「なんでもない。それで？」

「東京ベイシーズというバスケのチーム、ご存じですか？」

坂田の質問に、顔が引きつる。知っているどころか、所属していたのだから。入社した直後は、この部にも俺がバスケ選手だったことを知っている者がいたが、今となっては知っているのは浅海だけ。

「まあ……。それで？」

「ポイントガードの二十三歳の選手がかなりいい仕事をしていて、そろそろ引退だと言われている選手の座を奪いそうなんですよ」

ポイントガードとはチームの司令塔であり、試合を読んでフォーメーションの指示を出したり、ボールをフロントコート——相手のコートに運んだりする。

俺も千賀さんもこのポジションだった。

そろそろ引退の噂が流れているのは、千賀さんだろう。

現在、東京ベイシーズにはポイントガードが四人いるはずだが、最近千賀さんの出場機会が減っているとも聞いた。経験があるため司令塔としては重宝されるが、スピードや運動量が落ちてきているのではないだろうか。俺は試合を見なくなったので、本当のところはわからないけれど。

「それで、その選手と接触してみようかなと思っているんですけど」

「そうか。今までの戦歴は？」

「こちらが調査済みの——」

東京ベイシーズには近づきたくないが、坂田の仕事を邪魔する権利はない。レーブダッシュにとって有益であれば、その選手にうちの用具を提供して使ってもらうべきだ。

俺は千賀さんの顔を思い浮かべながら、坂田の話に耳を傾けた。

シンデレラの赤い靴

スーパーの帰りにスレンダーで背が高く、目の大きな女性とすれ違った。沖さんと同じくらいの歳に見える彼女と話しだした彼が、突然私を彼女だと紹介するので、心臓がドクンと大きな音を立てた。けれど、彼の表情が曇っており、訳ありなのだとすぐに察した。

今度は勘違いではない。先ほどの彼女は間違いなく彼とかかわりがある。

沖さんが、その女性との間になにがあったのか知りたいような知りたくないような複雑な気持ちだった。

もうそれなりの年齢なのだから、過去になにかあってもおかしくない。

けれど、沖さんに心奪われている私は、彼の恋愛遍歴を知りたくなかったのだ。あの女性と今はなんの関係もないとわかっていても、どうしても嫉妬してしまうから。

もちろん、恋人でもない私がそんな感情を抱くのはおかしいとわかっている。それでも、もやもやした気持ちは消えてくれなかった。

沖さんから食事作りに誘われてすぐにのった。彼の曇った表情をどうにかしたかったし、なにより私が一緒にいたかったのだ。

一緒に食べたキムチ雑炊は、今まで食べた中で一番おいしかった。チーズもたまごも入れるという、私にしてみればスペシャル版だったけれど、きっと沖さんが隣にいてくれたのがおいしくなった一番の原因だろう。

彼の表情も次第に元に戻り、帰る頃にはすっかり笑顔で安心した。

落ち込んでいた私が言うことではないが、沈んだ彼は見たくない。

沖さんとの距離が近づいたのがうれしかったのと同時に、彼にとって私は、ただの心配なお隣さんなのかなとも感じる。

私を部屋に上げて慰めてくれたり、こうして一緒に食事をしてくれたり……。私は沖さんを意識しているけれど、彼のほうにはそんな気持ちがまったくないからこそ、仲良くしてくれるのではないかと。

もちろん、下心いっぱいで迫られても困るのだけれど、私は好意のない男性の部屋には入らないし、自分の部屋に誘うこともないから。

そう思うと胸が痛いけれど、そんなことを考えられるほど心が回復してきていた。

とにかく、沖さんの心遣いのおかげで、思いがけず楽しい土日となりかなり落ち着いた。

誰かに心配されることが、こんなにうれしいなんて。

とはいえ、あれだけ自分の悪口が蔓延《まんえん》した職場に行くのは気が重かった。それでも月曜は休むことなく、大きく深呼吸してから部署に足を踏み入れた。

「おはようございます」

いつもより大きな声で挨拶をすると「おはよう」と何人かが返してくれる。まだ児玉さんの姿はなく、ごみ回収を始めた。

パソコンを立ち上げた頃、児玉さんも出勤してきたが、いつもと変わらず挨拶を返した。すると彼女は私をちらりと見て一瞬眉をひそめたけれど、ここでおどおどしては負けだと涼しい顔をしておく。

始業時間が過ぎると電話が鳴り始め、何人かが対応している。

「すぐにお調べいたします」

私の斜め向かいの席の一番若い後輩が、電話を保留にしてパソコンでなにか調べ始める。でも、どうやらわからなかったようで、隣の席の児玉さんに聞いていた。

「そんなの知らないわよ。自分でなんとかして」

「え……」

思わず声が漏れる。

私にはあれほど困ったことを振ってきたのに、それはない。

私は席を立ち、後輩の席まで行ってパソコンの画面を覗き込んだ。

「なにが知りたいの？」

「このクライアントの契約更新についてです。すでに見積もりが出ていると言われましたが、見当たらなくて……」

私はすぐにパソコンを操作し、別の画面を出した。

「これじゃない？」

「ほんとだ。ありがとうございます」

「頑張れ」

私は彼女を励まして自分の席に戻った。

昼休憩に入ると、児玉さんと数人はあっという間に出ていった。すると電話当番で残っている先ほどの後輩が、私のところにやってくる。

「尾関さん、今朝はありがとうございました」

「気にしない。もう覚えたでしょ？」

「はい。私、尾関さんみたいになりたくて」

「は？」

彼女の言葉に耳を疑い、すっとんきょうな声が漏れる。

「瞬時に機転を利かせられるところとか、クレームの電話でも動じずに対応しているところとか、あこがれてるんです」

「私に？」

そんなことを言われたのは初めてで、にわかには信じがたい。

「はい。だけど、そういうことを言えない雰囲気で……」

彼女はちらりと児玉さんの席のほうを見て言う。

「そうよね。これからも言わなくていいよ」

彼女まで居心地が悪くなっては申し訳ない。

「でも……」

「すごくうれしいよ。ありがとう。心の中でそう思ってくれてれば十分。なんでも教えるから聞いてね」

「はい！」

彼女が笑顔でうなずくので、私までうれしくなった。

もしかしたら、児玉さんが私の悪口を言っている間は、黙ってうなずいているのかもしれない。そうでなければ、次は自分が標的になるからだ。

嫌われたくなくて何事も穏便に済ませてきた私に、彼女を責める資格はない。味方がいるとわかっただけで、心が軽くなった。


その日は帰宅すると、張りきって料理を始めた。

作ったのは、豚肉とナスの炒め物と、里芋の煮付け、あとはきゅうりの浅漬けだ。

私はそれらを少しずつ密閉容器に詰めて、沖さんの部屋を訪ねた。

チャイムを鳴らしたものの反応がなく、まだ帰宅していないのだと自分の部屋に戻ろうとしたとき、ちょうど彼が帰ってきて驚いている。

「どうかした？」

駆け寄ってきた彼は、私の顔を覗き込む。今日もなにかあったのではないかと心配してくれているのだろう。

「いえ、うれしいことがあって」

「うれしいこと？」

「私にあこがれてると言ってくれた後輩がいて」

そう伝えると、彼の顔に喜びが広がった。

「そうか。尾関さんの魅力に気づかないなんて、よほど鈍感なんだよ。口に出さないだけでほかにもいるよ、絶対」

彼に魅力なんて言われると、少し照れくさい。だらけた姿ばかり見られているのに、そうやって持ち上げてくれる彼は優しい。

「ありがとうございます。沖さんが励ましてくださったから、今日も一日乗りきれました。これ、お礼です」

私が料理を差し出すと、彼は目を輝かせている。

「いいの？」

「もちろん。……あっ！　ご飯炊くの忘れた」

ご飯がないことにようやく気づくと、彼は肩を震わせて笑っている。

「うちにパックご飯のご用意がございます」

「ひとつ分けていただけますか？」

「もちろん。ちょっと待って」

彼は私から料理を受け取ると、一旦部屋に入っていった。

先週、地獄のような苦しみを味わったのに、笑えてる。これも全部沖さんのおかげだ。

沖さんは私にパックご飯と、ビーフジャーキーを持たせてくれた。

「飲みすぎそうなら、先に連絡して。ベランダで一緒に飲むから」

そう伝えてくれたのは、まだ心の傷が完全に癒えていないことに気づいているからだろう。

しかも、酔ってはダメだというわけでなく、悪酔いしないように見ていてくれるつもりの彼に、ほっこりした。

キムチ雑炊を楽しく一緒に食べたので、ひとりで部屋に戻ると少し寂しい。今頃同じものを食べているのかなと考えながら食事を進めた。

今日はアルコールもなしで眠れそうだ。

私は熱めのお風呂に浸かったあと、眠りについた。

翌日からも、児玉さんの私への陰口は相変わらず続いているようだ。私をちらちら見てこそこそ話している姿が見られる。

けれど、私を評価してくれている人もいるのだからと自分に言い聞かせて気にしない振りをして働き続けた。

もちろん〝振り〟であって、気にならないわけがない。

かといって、どんな悪口を叩かれているのか具体的に知っては、余計につらくなる。

そのため、児玉さんやその周囲の人たちが集まっているときは、近寄らないようにした。

そもそも私は完璧な人間ではないので、叩けばいくらでも埃《ほこり》が出てくる。でも、それは児玉さんだって同じはずだ。

私を嫌う人はいても、慕ってくれる後輩だっている。私生活で負け組だったとしても、仕事では絶対に負けない。

そんなふうに考えて、つらい気持ちに蓋をした。


木曜の夕方。電話に出た児玉さんが、なぜか顔を青ざめさせている。

「も、申し訳ございません。私どもの間違いです。……いえ、その金額ではお取引が難しく……。いえ、あの……」

泣きそうになりながら話しているので、どうしても耳が向く。なにかミスをして、取引先の担当者から叱られているのかもしれない。

「無理なんです。……はい。たしかに契約していただきましたが……。申し訳ありません。確認いたしまして、のちほどもう一度お電話させていただきます」

どうやらギブアップした彼女は、一旦電話を切って所長のデスクに行き話し始める。

周囲の事務員たちは皆、仕事をしている振りをしながら、彼女の様子をうかがっているようだ。

「所長、申し訳ありません。今月分からお振込の金額が少なかったので確認しましたら、契約書が間違っていたようで……」

「どこの得意先だ」

「そ、それが……プレッスル食品《しょくひん》なんです」

プレッスル食品と聞いて背筋が伸びた。かなり大口の取引先なうえ、契約年数も十五年を超える、いわゆる大お得意さまなのだ。

二年に一度契約を結ぶが、前回の書類は私が担当した。大口の顧客は特に慎重に扱わなければならないので皆やりたがらず、いつも私に回ってくるのだが、そういえば今回は担当していない。先週、あんな状況になって私に頼みにくかったのだろう。

私はすぐさまパソコンに契約書を表示した。すると、メンテナンス込みの契約なのに、メンテナンスなしで計算されており、一台につき一カ月一万円近く安くなっている。関東地区で約百台の契約なので、ひと月にして百万円――つまり二年契約では、二千四百万円の不足となる。

所長も自分のパソコンで間違いを確認し、険しい表情になった。

「先方はなんとおっしゃっている」

「実は、契約書が届いたあと、金額が違うのではないかというお問い合わせをいただきました。でも、メンテナンスなしだと思い込んでいて、間違っていませんとお答えしてしまって……」

あちらから丁寧に聞いてくれているのに、確認し直さないなんて最悪の対応だ。

「その金額ではお取引が難しいとお話ししましたが、こちらは確認しましたと……」

当然の反応だ。あちらは真摯《しんし》に対応しているのだから。

「営業は誰だ」

「花本さんです」

「花本を通さなかったのか？」

当然営業担当に確認してから送付するものだけれど……。

「すみません。花本さんが定時までに戻ってこられなかったので……」

つまり、残業になるのが嫌で勝手に送ったのだろう。

「なにをしているんだ！」

所長がこれほど声を荒らげる姿は記憶にない。

ピリッとした空気が漂い、全員の動きが止まった。

児玉さんは責任を感じたからか、所長に叱られたからか、泣き始める。しかし、泣いたところで解決しない。

「誰か、花本くんに連絡して戻ってきてもらって」

所長も冷静さを失っているように見えたため、私が指示を出した。

「児玉さん。プレッスルの担当は誰？」

話しかけたが、泣いているばかりで答えようとしない。

「泣いてたって解決しないの！」

声を大きくして言うと「星野《ほしの》さんです」とか細い声で答えた。

星野さんなら前回と変わっておらず、私も電話で何度か話をしたことがある。

以前、契約車両の台数を急遽増やしたいという申し出があったとき、本来は先方が希望する日時での調達が不可能だった。しかし困っている星野さんをなんとか助けたいと、私が各所に頭を下げて納車の時期を早めてもらったのだ。そのとき、たいそう感謝してもらえて丁寧なお礼の手紙までもらい、物腰柔らかな男性という印象しかない。今回のことはよほど怒っているのではないだろうか。

「花本が戻ってきたら、謝罪に行く」

「所長。一度私に星野さんとお話をさせていただけませんか？　アポイントも取ります」

私が申し出ると、所長は驚いたものの了承してくれた。

星野さんに電話を入れ、こちらの非を認めて謝罪したが、責められるようなことはなかった。やはり児玉さんのいい加減さに腹を立てているようで、それ以外の我が社の対応には満足してくれていると聞き、ホッとする。

謝罪のアポイントもすんなり取れたので、おそらく所長と花本くんが出向けば、解決するはずだ。

その日は、所長と花本くんが戻ってくるまで会社で待機した。さすがに児玉さんもいたが、自分の席でずっとうつむいているだけで微動だにしない。

十九時過ぎにようやく戻ってきた所長は、なぜかまっすぐに私のところに来て頭を下げるので慌てた。

「えっ、どうしたんですか？」

「尾関くんの顔に免じて許してくださるそうだ。これまでの尾関くんの丁寧な対応を褒めてくださって、正しい契約書を受け取っていただけた。ありがとう」

花本くんも所長の隣で頭を下げる。

「いえ、私はなにも……」

特別なことはしていない。

「児玉くん！　君が一番に尾関くんにお礼を言うべきじゃないか？」

所長に促された彼女はビクッとして立ち上がり、私の前まで来て深々と腰を折る。

「ありがとうございました」

心が狭いのかもしれないけど、正直、彼女からお礼を言われてもうれしくない。

「散々ばかにしていた私に頭を下げるなんて、悔しいよね」

「えっ……」

「だったら、仕事にしっかり向き合って這い上がってきて。もちろん、簡単には勝たせてあげないから覚悟して」

私が強い言葉を彼女に向けたからか、所長は目を丸くした。しかしそのあとうなずいている。

「……はい」

小さな声で返事をした児玉さんは、もしかしたら心の中で私への反発を強めたかもしれない。けれど、もうそれでいいやと思えた。

今日の出来事で、私がしていることは間違っていないと自信が持てたし、そもそも彼女とは価値観が違う。彼女の基準で勝っただの負けただのと言われても、そんなの知らない。

そう思ったら、ずっともやもやしていた気持ちが収まった。

「すみません。ホッとしたらお腹が空いたので帰ります」

私が正直に伝えると花本くんが笑っている。

「本当にありがとう。お疲れさま」

「お疲れさまでした」

所長に挨拶をして廊下に出ると、花本くんが追いかけてきた。

「尾関さん」

「どうした？」

「すごく助かりました。ありがとうございます。プレッスルは特に大事な得意先なので、一番信頼できる尾関さんに契約書を頼みたかったんですけど、いつも尾関さんにばかり頼んでるなって反省して……」

いつもふざけて絡んでくる彼だけれど、私を評価してくれているようでうれしい。

それに今回は、彼なりに気を使ったようだ。

「そう言ってもらえるとうれしいよ。ごめんね。私、ピリピリしてた。でも仕事は今まで通り回してくれていいから」

「はい。またお願いします。あっ、神キーホルダー追加しないと」

「絶対にいらない」

バッサリ斬ると、彼はくすくす笑っていた。


翌日の金曜日。児玉さんは誰よりも早く出社して、ごみ箱を片づけ、コーヒーを淹れていた。

心を入れ替えたのではないかと安堵して「おはよう」と私から声をかけると、「おはようございます」と目をそらしたままではあるものの、返してくれた。

その後、所長に呼ばれて話をしたのだが、児玉さんを対外業務からしばらく外すということだった。営業の経費精算や実績集計等、社内の仕事のみで、クライアントに関することからはすべてシャットアウトするらしい。

たまたまクライアントに許してもらえたけれど、大損害を出していたかもしれないのだから、厳しい処分は当然だろう。

プライドの高い彼女が、入社一年目の新人が任せられる仕事しかできないことに耐えられるのか、はたまた責任ある仕事から逃れられてラッキーだと思うのか……私には知る由もないけれど、もう私は彼女には乱されることなく、自分のやるべきことだけに集中するつもりだ。

　意気消沈した児玉さんの無駄口がなくなると、しばらく私に話しかけてこなかった後輩たちとも、以前のように会話をするようになった。昼休憩には一緒にランチにも行った。

　とりあえず最悪の状態は脱したので、また黙々と働くだけだ。

　その日、帰宅してコンタクトを眼鏡に替えたあと、沖さんにメッセージを入れた。心配しているだろうからだ。

【元気になりました。ありがとうございました】

　長文を書くのが苦手でそう書いて送信すると、十分ほどして返事が来た。

【よかった。今、会社を出たところ。マンションに着いたら、ちょっと行っていい？】

【わかりました】

　何事だろう。首をひねりながらも承諾の返事をする。

【待ってて】

　待っててのひと言が、こんなにうれしい。

　私……やっぱり彼が好き。

「どうしよう。会えるって……」

壁を一枚隔てただけの場所にいながら、少し顔を見られるだけでこんなにうきうきするなんて。

私はジャージからジーンズに着替え始めた。メイクをまだ落としていなかったので簡単にパウダーをはたき、リップとプランパーを塗り直して鏡を覗く。

「変じゃない？」

すっぴんを何度も見られているので今さらだけれど、好きな人の前では少しでもきれいでいたいのだ。

メッセージのやり取りから一時間弱。チャイムが鳴り、慌てて出た。

「こんばんは」

「おかえりなさい」

そう挨拶をしてから、妙に照れくさくなってしまった。なんだか新婚夫婦みたいだと思ったからだ。

「ただいま」

彼が笑顔で返してくれてホッとした。

「急にごめん。今日、新作スニーカーのポスター撮影を覗いたんだけど……」

彼はそう言いながら紙袋から箱を取り出す。そして蓋を開けると、鮮やかな赤のスニーカーが入っていた。

「素敵」

「撮影に使ってしまったから中古扱いで、社割で七割引きにするって言われて、思わず買ってしまった。サイズが二十四センチなんだけど」

二十四センチって、まさか……。

「私の、ですか？」

祖母の話をしたとき、サイズについても話したはずだ。それを覚えていたの？

「そう。俺は二十九センチだから入りもしない。甲高って言ってたよね？　これ、そういう人に合うと思うんだ。履いてみてくれない？」

彼は跪《ひざまず》き、サンダル履きで対応していた私の前にスニーカーを置いてくれる。

せっかくだからと足を入れてみると、今持っているスニーカーより圧迫感がなくて快適だ。

「これ、すごくいいかも」

「そう？　よかったら、もらってくれない？」

「そんな。買います」

七割引きで買えるなんてラッキーとしか言いようがない。

「いや、色もこれしかないし、押しつけてるだけだから」

「押しつけてるなんてとんでもない。色も素敵です」

赤いスニーカーなんて履いたことはないけれど、洋服をシンプルに、そして色を控えめにしたら映えそうだ。

「それじゃあ、これ履いてウォーキング行かない？　ウォーキングに付き合ってくれるお礼」

「付き合ってもらってるの、私ですよ？」

「そうだっけ……」

わかっているくせに、彼は優しい。

きっと落ち込んでいたから、プレゼントしてくれたのだろう。赤い色も、これしかなかったのは本当かもしれないけれど、明るい色で励ますのにちょうどいいと思った気がする。……なんて都合よく考えすぎだろうか。

「それじゃあ、ありがたくいただきます」

彼には履けないのだし固辞しても困るだろうと思い、受け取った。

もちろん渋々ではなく、飛び上がるほどうれしい。ぴったりの靴をプレゼントされるなんて、シンデレラにでもなった気分だ。

「今週は明日から出張で……来週の土曜は空いてない？　予定ある？」

「真っ白です」

お誘いがうれしくて、またそんな言い方をしてからしまったと思ったけれど、彼はかすかに笑みを漏らしただけだった。

「それじゃあ、四時半でもいいかな？　最近、少し日の入りが早くなってきたし」

「わかりました。準備しておきます」

「うん。それじゃあ……」

「待ってください」

軽く会釈をして帰っていこうとする彼を引きとめてしまった。

「やっぱり都合悪い？」

「そうじゃなくて……。仕事を上司やクライアントに認めていただけました」

「ほんとに？」

彼が自分のことのように目を輝かせてくれるので、私も自然と笑みがこぼれる。

「はい。一流に近づけたかな……って、本物の一流を知っている沖さんに言うのも恥ずかしいんですけど」

「いや、おめでとう。尾関さんと話をしていると、真面目な人なんだなと思う。それが伝わったんだよ、きっと」

「ありがとうございます。沖さんが励ましてくださったおかげで、腐らず仕事を続けられました」

彼がいなければ、中傷に耐えられず退職していたかもしれない。再会できたことを神さまに感謝した。

「俺がいなくても、尾関さんは腐ったりしない人だよ。でも、早めに気持ちを切り替えられたのなら、光栄だ。俺も挫折したとき、尾関さんみたいな人に出会えていればな……」

挫折？

「えっ？」

「なんでもない。それじゃあ、来週を楽しみにしてる」

「はい。出張、お気をつけて」

「ありがとう」

彼は今度こそ去っていった。

「挫折って……。そういえばBリーグでバスケ……」

自分のことでバタバタして頭から飛んでいたが、たしか東京ベイシーズに所属していて、けがで引退したと聞いたような……。

私はスマホで検索してみた。すると沖さんの名前と、当時のユニフォーム姿の写真まで出てきてまじまじと見てしまう。

「かっこいい」

激しい運動をしているからか、今より少し細身で、しかしユニフォームから出ている脚や腕は筋肉質で、鍛えられているのがひと目でわかる。

「ポイントガード……司令塔なんだ。すごいな」

バスケについてなにも知識がなく、チームを引っ張る存在だったと知り、目を瞠《みは》る。

しかも、日本代表入り争いをしていたという記事を見つけて、腰を抜かしそうになった。

そんなすごい人と話しているなんて……。

しかし、練習中に転倒してけがを負ってからは元のようなプレーができず、ほとんど試合の出場機会がないまま引退したようだ。

挫折なんて簡単な言葉で終わらせていいとは思えないほど、苦労したはずだ。彼のことだからリハビリも練習も必死にこなして……それでも、どうにもならなかったのではないだろうか。

もう少しで夢をつかめるというところでのけがは、どれだけつらかっただろう。志《こころざし》なかばで、描いていた道をあきらめなければならなかった彼を思うと、胸が痛い。

ちょっとひどい言葉をぶつけられたからと落ち込んでいる私とは比べものにならないほど、苦しい時間があったはず。そうした苦しさを知っているから、彼はあんなに優しいのかもしれない。

それでも彼は、それを乗り越えて仕事に励み、新しい道を歩いているのだ。

私も頑張らなくては。

沖さんと会話をしていると、長年同じところで立ち止まっていた自分が、どんどん階段を昇っていくような感覚に襲われる。

ただ生きていくために働き、休日は疲れてダラダラしているだけ。祖母が亡くなってからは生活に張り合いもなく、目標も失くしてしまっていたけれど、エンジンがかかったというか……。こんなふうに時間を無駄にしていてはもったいないと思うようになった。

「今日はちゃんとご飯作ろ。パックもしないと」

私は赤いスニーカーをそっと撫《な》でてから、夕食の準備を始めた。

過去との決別　Side沖

土日は、坂田と一緒に大阪《おおさか》に出張となった。

バスケットで、用具提供をする選手の候補に大阪のチームの選手も挙がったからだ。

土曜の午後に練習風景を、日曜に紅白試合を見せてもらう予定になっている。

「沖さん、バスケやってたって聞いたんですけど……」

新幹線の隣の席で、坂田が尋ねてくる。

「やってたこともあったな」

「それなら早く言ってくださいよ。俺より見る目あるでしょう？」

プレーの良し悪しを見る力は、もちろん坂田よりある。でも……。

「いつも話してるだろ。どれだけ技術があっても、一流になれるとは限らない。心技体がそろった選手でなければ、スポンサー契約する意味がないと」

幼い子供たちが、いつかあんな選手になりたいとあこがれるような存在でなければ。

どれだけ成績がよくても素行が悪ければ、レーブダッシュの企業イメージが落ちる。

「そうですけど……。そういえば浅海さんが、沖さんはレベルの高いアスリートだったと話してましたよ」

けがで契約もできず、レーブダッシュに貢献できたわけでもないのに、浅海が俺をそんなふうに評価していたとは知らなかった。

「あいつ嘘つきだからな」

妙に照れくさくてそんなふうに返すと、坂田は笑っている。俺たちが信頼し合った仲だと知っているからだろう。

それから俺は、尾関さんのことを考えていた。

仕事を認めてもらえたとうれしそうに語った彼女は、『一流に近づけたかな』と漏らした。そのとき心の中でうなずきながら、俺もまだ終わっていない。もう一度、一流を目指そうと決意した。

無難に生きているだけで、高みを目指すことを忘れていたと気づかされたのだ。

尾関さんに出会ってから、くすぶっていた自分の中の情熱の火種が再び大きな炎になりつつある。

やっぱり、彼女が好きだ。ほかの男になんて渡さない。

もう一生ひとりでいいと思っていたけれど、そう思っていても心が引き寄せられてしまうのが本当の恋なのかもしれない。

この歳でそんな真理にたどり着いたことがおかしくなってふと笑みを漏らすと、坂田が怪訝な目で見てくる。

「どうしたんですか？　思い出し笑いなんて珍しいですね」

「思い出したわけじゃない。すごく大事なことに気づいただけだ」

「大事なことってなんですか？」

「大阪は粉もんがうまいってこと」

適当にごまかすと、坂田は目をぱちくりさせる。

「……はいっ？」

「反応が遅い」

「なんで怒られてるんでしょう、俺」

彼はそう言いながら、ひとりで笑っていた。


久々にバスケの練習風景を見ると、血が騒ぐ。

ボールが床に当たって跳ね返る音、ゴールリングを揺らす音、バッシュが鳴らすキュッキュッという摩擦音、そして選手たちの激しい息遣い。

あの頃とまったく変わらない。

コートに駆け出ていって、ドリブルを始めたい。

自分にそんな気持ちがまだ残っているとは思わなかった。

「沖さん？ どうかしました？」

しばらく黙って見入っていたからか、坂田が顔を覗き込んでくる。

「いや、別に」

「あの選手です。背番号二十一」

坂田が該当選手を指さす。

「スモールフォワード、だったよな」

「はい」

スモールフォワードは、コートのあらゆる場所から得点を狙うポジションになる。スリーポイントシュートがうまくなくてはならないし、ときには守備にも貢献する。様々な点で高いレベルを要求されることから、エースポジションだとも言われている。

俺はしばらくその選手の練習を見ていた。

彼の運動量は多く、体幹もしっかりしていそうだ。当たり負けしないフィジカルの強さが要求されるポジションでもあるが、それをクリアしているように見える。

「二十二歳だっけ？」

「そうです」

その歳の頃は、俺ものりにのっていた。日本代表しか見えていなかったし、絶対に手が届くと思っていたのだ。

「明日の試合を見てからだけど、プレーの面では問題なさそうだ。スモールフォワードか……。日本代表入りはどうかな。有力選手が多いポジションだからな。プライベートは……？」

「先輩たちからはかわいがられているみたいですね。監督やコーチの話にもきちんと耳を傾ける好青年らしいです。マネージャーが恋人だとか。えーっと、多分、あの右端の彼女」

坂田の話を聞いて、ドキッとしてしまった。自分と似た境遇だったからだ。

いや俺は、先輩に対してもポジションを譲らないという態度をむき出しにしていたので、かわいがられていなかったか。——もちろん、千賀さんにも。

ただ、選手層の厚かった東京ベイシーズではそこまで貪欲にならなければ、ポジションも危うかった。

尖《とが》ってたな、俺。

それだけ必死だったのだけれど、かわいくない後輩だったかもしれない。

「今のところ、有力候補だな。東京ベイシーズの選手も見て、二選手とも契約という可能性もあり」

「ほんとですか？」

「浅海が俺に任せるってさ。代表入りできるか否かは大きいけど、素質はありそうだ」

有力選手は、できれば代表入りする前に押さえたいところだ。

坂田とともに二日間の練習をじっくり見て、本人と話す機会もあり、いい手ごたえを感じて帰京した。


翌週の土曜は、心地よい風が吹く気持ちのいい天気となった。

尾関さんとの約束の時間を前に、着替えを済ませる。随分涼しくなってはきたが、半袖でもまだ大丈夫そうだ。

「俺もおそろい買おうかな……」

尾関さんにプレゼントした赤いスニーカーを思い浮かべながら考える。しかしそれでは、あまりにあからさまだと笑ってしまった。

「告白してからだな」

なにをしていても、尾関さんの顔が浮かぶ。間違いなく俺は、彼女に惹《ひ》かれている。

仕事とはいえ、躊躇することなく大阪までバスケの練習を見に行けたのは、彼女のおかげだ。つらいことがあっても前に進もうと必死な彼女を見て、いつまでも過去にとらわれている自分が情けないと思ったのだ。

再会してからまだ日は浅いが、彼女は俺の人生に多大なる影響を与えてくれた。引退からずっと止まっていた心の時計の針が動きだしたのは、彼女のおかげ。そんな彼女の特別な存在になりたい。誰にも渡したくない。

約束の時間が近づいてきたのでスニーカーを履いていると、チャイムが鳴った。

迎えに来てくれた？

うれしくてにやけそうになる顔を引き締め、すぐにドアを開ける。しかしそこにいたのは尾関さんではなかった。

「急にごめん」

ばつの悪そうな顔で頭を軽く下げたのは唯香だ。

「……なんの用？」

自分でも驚くほど冷たい声が出てしまう。

「あのっ……実は洋祐《ようすけ》さんとうまくいってなくて……」

洋祐さんとは千賀さんのことだ。

もう千賀さんとの付き合いもないというのに、だからどうしたというのだろう。

「それ、俺に関係ある？」

「そんな冷たい言い方しなくたって……。彼、引退したらバスケから完全に離れるって言うの。せっかくコーチのお誘いも来てるのに、バスケとはまったく関係ない会社で新人として始めるって……。コーチに就任するように説得してくれないかな。私の言うことは全然聞いてくれなくて」

千賀さんはやりきったのではないだろうか。

一線を退いたあと、コーチや監督を目指す人ももちろんいるが、別の道を選ぶ人もいる。

指導者は、バスケができればいいわけではない。長きにわたり司令塔として活躍してきた千賀さんは、戦略を練ることについては問題ないだろう。しかし技術面では天才肌なところがあるので、細かく技術を教えるのは苦手かもしれない。

彼自身それを自覚していて、離れる決断をしたのではないかと感じる。

唯香は、どうしてもパートナーが輝かしい場所にいなければ満足できないのだろうか。

「別の道に進んではダメなのか？」

俺も引退してレーブダッシュでいちから出直した。

彼女は無意識のようだが、千賀さんを批判するということは、俺の人生も批判しているようなものだ。

「せっかくここまでバスケをやってきたんだよ？　代表にもなって――」

唯香がむきになって話し始めると、隣の玄関が開き、尾関さんが顔を出した。彼女は俺たちを見て目を大きく見開いたあと、すぐにドアを閉めようとする。

「待って」

俺は唯香を放置して、尾関さんのもとへと走った。

「邪魔してごめんなさい」

彼女は申し訳なさそうに言う。

「邪魔なんかじゃないよ」

「お客さまでしたら、今日はなしにしま――」

「絶対に行く」

言葉を遮ると、尾関さんは少し驚いている。

「でも……」

彼女はちらりと唯香に視線を送った。以前すれ違った女性だと気づいているだろう。余計な誤解をされては困る。俺が好きなのは、尾関さんなのだから。

「俺が今日をどれだけ楽しみにしてたかわかる？」

「えっ？」

「彼女とは、遠い昔に付き合ってた。だけど今はなにも関係ないし、先輩の奥さんだよ」

俺は正直に伝えた。変な取り繕い方をしてあとで真実を知られるよりいいと考えたからだ。

「……プライベートなことを、すみません」

恐縮する尾関さんの、眼鏡の向こうの瞳がうっすらにじんでいるように見えるのは気のせいだろうか。

「尾関さんには嘘をつきたくないから、まったく問題ない」

俺は振り返り、唯香に話しかける。

「約束があるんだ」

「……ごめんなさい」

「もうここには来ないでくれ。俺にできることはない。俺はバスケで頂点を取れなかったけど、今の人生もなかなかいいものだと思ってる。あふれんばかりの拍手とか、あちこちから飛んでくる称賛の声とか……そういうのを一度経験すると、縋《すが》りつきたくもなる。だけど……」

俺は大きく深呼吸してから続ける。

「過去の栄光はそれ以上光り輝くことはない。俺は今、また別の道で輝けるように必死に努力してる。きっと千賀さんだってそうだ。もしかしたら一生、過去を上回れないかもしれない。でも、それでいいじゃないか。前に進もうともがくことそのものが尊いんだ」

ずっと過去にとらわれていた俺が言う言葉ではないかもしれない。しかし、涙を流しながらも前を向こうとする尾関さんを見て、このままで終わるわけにはいかないと奮起した。

俺は、輝いていた頃の自分を超えてみせる。

「他人の光に照らされることばかり考えてないで、自分で輝けるように努力すべきじゃないかな。彼女は、それが自然とできる人だ。俺は尊敬している」

尾関さんに視線を送りながらそう伝えると、唯香は軽く会釈してマンションを出ていった。

「あっ、ごめん」

話に夢中で、無意識に尾関さんの肩を抱いていたことに気づき、慌てて手を離す。

「あ……だ、大丈夫です」

視線が定まらず、耳を真っ赤にさせる彼女は照れているのかもしれない。

もっとドキドキさせたい。俺だけにその顔を見せてほしい。

「迷惑かけてごめん。急に彼女が訪ねてきて、旦那さんとうまくいってないと……」

「そうだったんですね」

「彼女の旦那さんは、東京ベイイシーズ時代のライバルなんだ。もうずっと彼女にもその先輩にも会ってなかったんだけど……。先輩、引退するらしくて。でもコーチ就任を固辞しているようなんだ。コーチを受けるよう説得してほしかったらしい」

ほかに頼るべき人もいただろうに。現役でバスケをしている者は、千賀さんの味方だったのだろう。だから唯香に賛成する者がいなかったのかもしれない。

だからといって、俺のところに来るのはさすがに無神経だ。

「沖さんは、あの……もう本当に彼女に未練は……ないのですか？」

うつむき加減で尾関さんらしくなく、もごもごと聞いてくる。

「もちろんない。けがをしたのがきっかけで別れたんだけど、そのあと先輩と付き合っていると知って、ショックだった。ただ、男としてというよりは、選手として見限られたんだなという気持ちが大きかったんだ。彼女は多分、トップ選手として輝く俺が好きだったから」

「そんな……。どんな沖さんだって素敵です」

慰めてくれただけだとわかっているのに、顔がにやけそうなほどうれしい。

「ありがとう。歩きながら話さない?」

せっかく新しいシューズを履いて、出かける準備までしてくれたのだ。ウォーキングの約束は果たしたくて促すと、彼女は足を踏み出した。

お隣さんから彼女への昇格

ウォーキングの約束の時間が過ぎても、沖さんが訪ねてくる気配がない。

そわそわして待っていると、廊下から女性の声が聞こえてきて外に出てみた。すると沖さんと背の高い女性がなにやら話している。

ちらりと見えた横顔から、その女性がスーパーに行ったときにすれ違った人だとわかった。

こうして家まで訪ねてくるというのは、やはり訳ありなのだろう。彼は昔の知り合いと話したけれど、おそらく元カノだとは気づいていた。

あのときの再会をきっかけに、復縁しそうなのではないだろうか……。

そんなふうに考えると、気持ちが落ちる。

大人っぽくて、背の高い沖さんの隣でも見劣りしない容姿端麗な彼女に、沖さんに素の姿ばかり見せている私が敵うわけがないからだ。

そもそも、あんな素敵な女性と恋愛できる沖さんの眼中に、私が入るわけがない。

〝ちょっと危なっかしくて放っておけないお隣さん〟でしかないのだから。それなのに、親切を勘違いして好きになってしまったなんて恥ずかしい。

でも、気持ちは止められるものではないのだ。たとえあんなきれいな女性がライバルだったとしても。

失恋確定だと思ったら、鼻の奥がツーンとする。でも、泣くのはこらえなければ。彼を好きなことがばれてしまう。

邪魔をしてはいけないと部屋に戻ろうとしたが、沖さんは私の隣にやってきた。

約束を果たせない言い訳なんて、しなくていいのに。彼女との時間を優先すべきだ。

そんなふうに強がる一方で、心の中には激しい雨が降り、風が吹き荒れていた。

しかし、意外なことに彼が選んだのは私との約束で、彼女に帰るように促した。

元カノだと聞いたときは、やはりそうかと思ったけれど、その一方で今は関係ないときっぱり言った彼にどれだけ安堵したか。

まだ私の恋は終わったわけではないのだと思ったら、気が抜けて座り込みそうなほどだった。

彼女にどんな事情があるのかくわしくはわからなかったけれど、沖さんが彼女に投げかけた言葉の数々には重みがあり、私の胸にも響いた。

けがでバスケを断念し、苦しみに苦しんだのだろう。そうした経験が、今の立派な彼を作っている。そんな気がした。

ただ、突然肩を抱かれての『尊敬している』というもったいない言葉に驚き、夢でも見ているのかと思った。

彼女が帰っていくと、私たちは予定通りウォーキングに出かけた。

歩き始めてしばらくの間、彼はなにか考えているようで言葉を発しなかった。だから私は、黙って隣を歩いた。

今は彼女ともう関係ないといっても、いろいろと心の処理をすることがあるのではないかと思ったからだ。

元カノなのに、今は先輩の奥さんだというのも気になる。

前回とは違う道を進む彼についていくと、近所にある森林公園にたどり着いた。一度も来たことがなかったので知らなかったが、池を囲うように遊歩道があり、ウォーキングには最適だった。

鬱蒼《うっそう》と茂る木々の葉の隙間から太陽の光が差し込んできて、沖さんを照らす。先ほどまで難しい顔をしていた彼が穏やかさを取り戻したように見えて、ホッとした。

「社内のごたごたは、片付いたの？」

突然私のことについて触れられて驚いたけれど、うなずいた。

「ずっと私を攻撃していた後輩は、仕事で大きなミスをして意気消沈してます。本当に心を入れ替えてくれたかどうかはまだわかりませんけど……もう彼女に振り回されるのはやめようと思って」

彼の顔を見上げると優しく微笑んでくれるので、自信が湧いてくる。

「人それぞれ、大切に思うものが違いますよね。メイクも持ってるものもダサいと言われて落ち込んでましたけど、私はそこにこだわりがないだけで……。以前祖母と一緒に散歩していると、ひとりで遊びに行きたいでしょ？と何度も聞かれました。でも私、両親が離婚して母が働きに出ていたので、おばあちゃん子だったんです。だから祖母と一緒にいられて楽しかったんですよ」

私にとって祖母と過ごす時間は重荷でもなんでもなく、ただただ楽しかった。

「それで、そもそも価値観が違うんだからどうでもいいと思うようにしようと。だって、一流はきっとそうですよね？」

なんて強がりを吐いたけれど、本当は怖い。周囲の人たちから悪く言われて孤立するのがつらくないわけがないのだ。

でも、強くなりたい。ううん、強くならなければ。

「俺が守るよ」

「えっ？」

「もし、尾関さんの心をえぐるようなやつがいれば、俺が盾になる。尾関さんが笑っていられるように」

それはどういう意味なの？

驚いて彼を見ると、視線が絡まりほどけなくなる。いつになく真摯な表情に、血管が激しく脈打ち始めた。

「あの……」

私が口を開いたそのとき、背後でバサバサと大きな音がしたので、驚いて視線を移す。

「あっ、すごい。鳥だ」

視界が開けたと思ったら展望台があり、柵のある一番端まで駆けていく。

数羽の鳥が悠々と泳いでおり、さらに飛んでくる。都会にもこんな素敵な場所があるのだとほっこりした。

「カモかな」

追いついた沖さんが、目を細めながら言う。

「水の中、寒くないのかな」

思ったことを口に出すと、彼はくすっと笑った。

「血管の構造が人間とは違うから、体温が下がらないと聞いたような……」

「沖さん、物知り！」

興奮気味に伝えると、彼はうれしそうに頬を緩める。

「尾関さんって、いつも素直だよね」

子供みたいにはしゃぎすぎだと遠回しに言われているのだろうか。好きな人の前なのだから、もっとおしとやかにすべきだったかもしれない。

「ごめんなさい、私……」

「どうして謝るの？　俺、そういうところに惹かれてる」

惹かれて、る……？

彼の言葉がうまく呑み込めず、瞬きを繰り返す。

再び真剣な表情に戻った沖さんは、一歩私に近づき口を開いた。

「俺、尾関さんの前向きな姿に感化されっぱなしで……。それがすごく心地よくて、ずっと尾関さんの隣にいられたらいいのにと、毎日のように考えてる」

それって……。

速まりだした鼓動が、私の全身を火照《ほて》らせていく。

「いや、もっと強い感情だな。ほかの男には渡したくない。好きなんだ」

私を、好き？

これは夢だろうか。沖さんのことが好きすぎて、都合のいい夢を見ているのかもしれない。

「聞いてる？」

「あっ、はい。えっ、夢……じゃないの？」

「あはは。夢じゃない」

彼はそう言いながら、私の手を握った。

「温かいでしょ？」

とっさに言葉が出てこず、コクコクとうなずく。

「結婚を前提として付き合ってもらえないだろうか」

「えっ……」

結婚？

もう縁がないのではと半分あきらめていたのに。いきなり大好きな人の口から〝結婚〟という言葉が聞けて、天にも昇るような気持ちになる。

「ごめん。焦りすぎだよね。俺としては結婚を目指したいというだけで、尾関さんはそうじゃなくても――」

「目指したいです。いえ、あのっ……」

心に余裕がなくて色気もなにもない返事をしてしまい、つくづくコミュニケーションが下手だと反省した。

「それって、OKってこと?」

少し首を傾げて私の顔を覗き込む彼は、心配そうな顔をしている。

「……はい。私も、沖さんが……す、好きです」

心臓をバクバクさせながら、正直に気持ちを打ち明けた瞬間、彼の腕の中にいた。

「好きだ。もう離さない」

最高に幸せな瞬間なのに、現実味がなくてふわふわしている。だって、ついさっき失恋したと思ったばかりなのだから。

けれど、私の背に回った沖さんの手に力がこもり、じわじわと喜びがこみ上げてくる。

これは現実なんだ。私、沖さんの彼女になれるんだ。しかも、結婚を見据えての交際なんて……。

感激で瞳が潤む。

やがて手の力を緩めた彼が少し腰をかがめて私の顔をまじまじと見るので、両手で隠した。

「見ないでください」

「どうして？」

「ちゃんとマスカラつけてくればよかった……」

汗をかくからと、ポイントメイクは最小限にしたのだ。

「マスカラなんてしなくても、十分かわいい」

彼は私の息の根を止めるつもりだろうか。好きな人からの『かわいい』という褒め言葉に、どれだけ威力があるのか知らないの？

「でも、一生の思い出になるかもしれないんだし」

もし、本当に結婚にたどり着けたら、間違いなくこの先何度もこの瞬間を思い出す。

「だったら、何度でも告白するよ」

「何度でも？」

そんな返事が来るとは思わず、首を傾げて彼を見る。

「何度でも伝えたいほど、尾関さんのことが好きだから」

彼はかすかに微笑みながら言う。

そんな甘い言葉をかけられた経験がない私は、恥ずかしすぎて不自然に目が泳いだ。

「万里子……って呼んでいい？」

ああ、ダメだ。本当に息が止まってしまいそう。

「も、もちろんです」

「ありがとう」

うれしそうに頬を緩めた彼が手を伸ばしてきて私の頬に触れるので、心臓が口から飛び出てきそうだ。

「万里子」

優しい声で名を呼ばれ、直立不動になってしまう。

こんなとき、どうするのが正解なのかさっぱりわからないのだ。

「……は、はい」

「緊張してる？」

正直にうなずくと、彼は私の手を取り、自分の胸に持っていく。

「俺も。わかる？」

まったくそうは見えないのに、沖さんも緊張しているの？

でも、こんなふうに触れたら余計に緊張が増してしまう。

照れくささのあまりうつむくと「万里子」と、再び優しい声がした。

「俺のことも下の名前で呼んでほしいな。俊典っていうんだけど」

「えっ……それは……」

これまたハードルが高い。けれど、万里子と呼ばれて一気に彼の特別な存在になれたと感じるように、彼もそうだとしたら……。

「と、と……」

「あはは。そんなにもったいぶらなくても」

「俊典、さん」

思いきって目を見て名を呼ぶと、彼は口角を上げる。

「ありがとう。すごくうれしい。ずっと大切にする」

もう一度抱きしめられて、胸を高鳴らせながら幸せな時間を堪能した。


それからしばらくカモが悠々と泳ぐ姿を観察してから再び歩き始めた。先ほどまでと違うのは、俊典さんと私の手がしっかりつながれていることだ。

恥ずかしいのに離したくないという相反する感情でどぎまぎして、頬が赤くなっていないか心配だった。

「俺、けがで挫折してバスケを引退して……今の会社でそれなりに仕事ができるようになって、もう過去は吹っきれたと思ってたんだ」

俊典さんが真剣に話し始めたので、耳を傾けてうなずく。

「だけど、違った。バスケに関する仕事は意図的に避けていたし、試合も引退してから一度も見ていない。自分は届かなかった場所で、昔の仲間が輝いているのを見るのがつらかった」

その気持ちはよくわかる。自分もあそこにいたはずなのにという無念は、真剣にバスケに取り組んできたからこそ大きかったのだろう。

「だけど、万里子に出会ってようやく気持ちの整理ができたというか……前に進めた。つらい気持ちを押し殺して、一流を目指したいと言える万里子に感心したんだ。バスケでは一流になれなかったけど、今度は仕事で一流を目指そうと思えた。だから先週、久々にバスケの練習を見に行ったけど、純粋に楽しめた」

彼は穏やかな表情で語る。

「私は……半分強がりですよ？」

過大評価をされては困る。へこたれないように自分を鼓舞していただけだから。

「わかってる。万里子は現在進行形じゃないか。心の傷が癒えていないのも当然だよ。

俺が必ず癒やすから」

遊歩道で立ち止まった彼は、私と向き合いにっこり微笑む。

この笑顔を向けてもらえるだけで、踏ん張れそうな気がする。

「もう癒えそう……」

「ん？」

「なんでもないです」

彼はさりげなく私の腰に手を置き、再び歩みを促す。

「どこか行きたいところある？　どこでも連れてくよ」

恋人らしい会話に、舞い上がりそうになる。

恋愛って、こんなに胸が高鳴るものだったっけ。

「……家がいいか」

これまでだったらその通りだ。でも……。

「家も大好きですけど、沖さんとなら出かけたいです」

思いきって伝えると、彼はなぜか首を横に振る。

答えを間違っただろうか。

「沖さんは卒業だ」

「あっ、俊典さん、でした」

訂正すると、彼は満足そうに微笑んだ。

好きな人と一緒だと、こんな些細な会話ですら楽しい。

「それじゃあ、どこ行こうか。あんまり遊園地というタイプじゃなさそうだけど……」

「ビンゴです」

絶叫マシンが苦手なわけではないけれど、人混みに酔ってしまいそう。

それにしても、私のことをもう理解している彼がすごい。

「実は俺もなんだよね。もう少し静かなところがいいね。……旅行は嫌？」

「旅行？」

「嫌だよね、いきなり」

「嫌じゃないです」

嫌なわけがない。ただ泊まりでということであれば、それなりの覚悟がいるけれど。

「バスケをやっていた頃、合宿のたびに海の近くのホテルに泊まってたんだ。朝から晩まで容赦《ようしゃ》なく続く練習がきつくて楽しい思い出があるわけじゃないけど、俺にとってはすごく大切な場所で……」

「行ってみたいです」

彼の大切な場所から私たちの新しい人生も始まったら素敵だ。

「それじゃあ決まり。ただ俺、ちょっと仕事が立て込んでて。来週の土曜もまたバスケの練習を見に行くんだ。……古巣に」

古巣ということは、東京ベイシーズ？　あの女性の旦那さんがいるところ？

「大丈夫なん……いえ」

余計な口を挟みそうになり、慌てて閉ざす。

「……それが、大丈夫でもないんだよね」

「えっ？」

予想外の返事に目をぱちくりさせる。

「俺、先輩とのポジション争いに負けた挙げ句、彼女も奪われた哀れな男ってことになってるんだよ」

「そんな……」

俊典さんは、そうした冷たい目にも苦しんだのだろう。児玉さんにあらぬ悪口を吹聴されて孤立した私と同じだ。

「だから」

悲しい話をしているのに、なぜか彼の表情は明るい。

「一緒に行ってくれない？」

「はいっ？」

想像もしなかった願いに声が裏返り、笑われてしまった。

「先輩とか昔のチームメイトに自慢したいんだ」

「なにを？」

「なにって」

彼はおかしそうに肩を揺らして笑う。

「万里子に決まってるだろ」

「わ、私？」

目が飛び出そうな発言に、足が止まる。

「憐《あわ》れみの目を変えるには、幸せを見せつけるのが一番だ」

「いえ、でも……。そんなたいそうなものでは……」

この程度の女を連れているのかと思われて、逆効果ではないだろうか。

「たいそうって……。たいそうなものだよ、万里子は。腐ってた俺を引っ張り上げてくれたんだから」

「お酒飲んで、ねぎ塩牛タン食べてただけです！」

助けられたのは私のほうだ。物理的にも精神的にも。

「そんなことないだろ。そういう万里子も好きだけど」

そんなふうに不意打ちで『好き』と言わないでほしい。そのうち本当に心臓が止まってしまいそうだ。

「ダメ？」

ちょっと甘えた声で懇願されては敵わない。

大人な彼に、そんな一面もあるとは知らなかった。

「ダメじゃ……ないです……。あー、やっぱりダ――」

「決まり」

撤回する前に決定されて天を仰ぐと、くすくす笑われた。

壁越しのキス　Side沖

東京ベイシーズに向かう土曜は、高い空が広がるよい天気になった。まだ暑い日もあるけれど、秋を感じる涼しい風も時折吹いてきて、万里子の長い髪を揺らす。

どうやら彼女は朝早くから身支度をしてくれたらしい。髪は丁寧にアイロンで整えられていたし、眼鏡ではなくコンタクト。メイクもナチュラルではあるがしっかりしてある。

早起きさせたのは申し訳ないけれど、隣の部屋に迎えに行ったとき、みずみずしい唇を見て押し倒したい衝動に駆られたほど魅力的だ。

彼女が纏う白に赤のボーダーTシャツは、俺がプレゼントした赤いスニーカーに合わせてコーディネートしたに違いない。俺は半袖の白いTシャツにライトブルーのシャツを羽織ってきたが、少々暑くてシャツは脱いだ。

「そんなに緊張しなくても」

坂田も来る予定なのだが、肝心のあいつより万里子がカチカチになっている。

「しますよ。粗相したらどうしよう」

「いくらでもすればいい。万里子は万里子なんだから」

まだわかっていないようだ。俺がどんな彼女も好きだって。

指を絡めて手を握ると、たちまち彼女の耳が赤く染まる。

付き合いだしてから、会社から帰宅すると彼女に会いに行き、少し雑談をする毎日だった。けれどそれではまったく足りなくて、彼女のお母さんに挨拶に行って同棲したいと思っている。

俺はすぐにでも籍を入れたいくらい彼女に堕ちてしまっているが、焦って逃がしたくはない。近い将来そうなることを夢見て、毎日幸せな気持ちで仕事に行けている。

東京ベイシーズの練習拠点となっている体育館に到着すると、俺と同じ白いTシャツ姿の坂田が待ち構えていた。

「お疲れさまです。すみません、被りました」

俺の服装を見て坂田が苦笑いしている。どうせ被るなら、万里子とがよかったのに。

黙ってライトブルーのシャツを羽織ると、彼は「おそろい、ダメですか？」としょげた。

「初めまして。尾関と申します」

「沖さん、めちゃくちゃかわい……痛っ」

目尻を下げてデレた顔をする坂田の脚を軽く蹴ると、大げさに痛がっている。

「自己紹介」

「はい。沖さんに毎日絞られています、坂田です。暑苦しいとよく言われますが、そんなことはありません」

「早速暑苦しい」

俺がつっこむと、坂田は笑っている。俺や浅海が『暑苦しい』と言っているのはよい意味だと知っているのだ。

仕事に対する情熱があり、時々のめり込みすぎて空回りしている。未熟なところはあるけれど、いつか大成すると見込んでいる真面目な男だ。

「沖さん、あの……。浅海さんから沖さんが東京ベイシーズの選手だったって昨日聞いて……」

おそらく浅海は、けがをして引退したことまで話してあるだろう。今まで黙っていたのは、俺の心の傷が完全に癒えていないと知っていたからに違いない。しかし、万里子と結婚するつもりで今日も連れていくと明かしたので、完全に過去は乗り越えたと思って解禁したのではないだろうか。

万里子と一緒なら、もうなにも怖くない。

「そうだけど」

「そんなすごい人だとは知らず、失礼の数々を……」

「それじゃあこれから失礼はないんだな」

「それは難しいな……」

言っていることがちぐはぐで笑える。隣の万里子も口に手を当てて笑っていた。彼女の緊張がこれでほぐれればいいのだけれど。

体育館に入ると、すでに練習が始まっていた。ウォーミングアップ中で各々体を動かしている。

ほかにも見学者が多くいる中、俺たちは二階席の端で見学を始めた。

「万里子」

万里子が離れていくので、手招きをして呼ぶ。

「ここにいればいいのに」

「お仕事の邪魔ですから」

今日は視察ではあるけれど、完全な仕事ではない。アポイントを取ってきたわけではなく、ファンに開放されている公開練習の日なのだ。

「邪魔なわけがないだろ。いいから、ここ」

気を使う彼女を隣に座らせて、コートに視線を送った。

最初はそわそわしていた万里子だけれど、すぐにバスケに夢中になっている。

シュートが入るたびに小さく拍手をし、体が接触して誰かが倒れると心配そうに眉をひそめた。

「あの五番の人、ポイントガードですよね」

「よくわかったね。彼が俺のライバルだった千賀先輩」

彼女のことだから、バスケについて勉強してきたに違いない。

「沖さん、千賀選手のライバルだったんですか？」

坂田が目をひん剥《む》いて驚いている。

「そうだな。日本代表入りを争った」

「代表？　一流の選手じゃないですか」

「俺を二流だと思ってたのか？」

坂田をにらむと、万里子は白い歯を見せた。

坂田が用具契約を模索する若い選手はなかなかいい動きをしていて、技術的には伸びしろも感じる。練習にも真剣に取り組んでおり、いい選手に目をつけたと感じた。

練習が終わり選手たちが引き上げていくので、俺も立ち上がった。

「挨拶に行くか」

「挨拶？　できるんですか？」

見学して帰るだけのつもりだった坂田は驚いているが、コーチにも選手にも一緒に戦った仲間が何人もいる。

「できるんじゃない？　行くぞ」

俺は緊張気味の万里子の背に手を添えて、ロッカールームへと向かった。

当然警備員に止められたため、名前を告げて千賀さんを呼び出してもらうと、彼はすぐに走って出てきてくれた。

「沖！」

「お久しぶりです」

手を差し出されて、がっちり握る。

彼に実際に対面して、もうすっかりあのときの挫折は乗り越えたのだと確信した。

少しも心が痛まないのだ。

「元気そうでよかった」

「はい、千賀さんも」

「こちらは？」

千賀さんは万里子と坂田に視線を移した。

「彼女は俺の婚約者……ではまだないのですが、結婚したいと思っている彼女です」

婚約者なんて口走ったからか、万里子は一瞬目を見開いた。付き合いたてなのに嫌がられるかもしれないと言い直したけれど、表情は優しいままだ。

「初めまして。尾関と申します。一流を目指す沖さんとお付き合いさせていただいています」

そんな万里子の自己紹介に、思わず頬が緩む。

千賀さんはそんな俺を見て、肩をポンと叩いた。

「幸せそうだな。でも一流って？」

「あの頃を超えようと思って。彼女と一緒に」

万里子に視線を合わせると、彼女は微笑みながらうなずいてくれた。

「そっか。俺も頑張らないとな。彼は？」

坂田にも自己紹介をさせると、契約を目論んでいる選手を連れてきてくれたため、挨拶だけしてあとは坂田に任せることにした。

「沖、あのときは悪かった」

千賀さんがいきなり深々と頭を下げるので慌てる。

「……沖がけがをしたときのあのプレー。あきらかに俺が悪かった。あのときは、どうしてもそれを認められなくて、謝りもせず……。俺、焦ってたんだ。沖のプレーを見て、すぐに俺を超えていくと思った。日本代表はこういう男がつかむんだと思うような技術のうまさと情熱があった」

千賀さんがそんなふうに思っていたとは知らなかった。

「東京ベイシーズで日本代表に一番近いと自負してたのに、いきなりその地位をかっさらっていった沖が憎かった。しかも同じポジションなのがかなりきつくて。あのとき、沖がつぶれても構わないくらいの気持ちでラフプレーを繰り返していた。沖の選手生命を絶ったのは俺だ。本当に申し訳ない」

彼はそう言ったあと再び頭を下げるので、肩を持ち上げる。

「俺……器が小さいから、ずっと千賀さんのこと恨んでました。千賀さんが悪いことにしないと、けがのつらさから逃れられなくて……」

俺も彼を恨むことで、苦しみを軽減させようとしたのだ。

けれど、当たりに負けないしっかりした体幹とか、簡単にけがをしない体のしなやかさとか、はたまた周囲をもっと冷静に見渡せる精神力とか……そういうものが俺に足りなかったのもまた事実。ふたりともそれなりのレベルに達してはいたが、まだ一流ではなかったのだ。

「当然だ」

「千賀さんのこと、相当悪者にしたんで、もうおあいこです」

こんなふうに許せるのは、きっと今が充実しているからだ。

このまま一生、彼に恨みを募らせたまま生きるより、新しい未来を見たほうがいい。そう思わせてくれたのが万里子だ。

「千賀さん、引退されると風の噂で……」

「うん。そろそろ体力の限界。ずっと面倒見ててくれた食品会社が、スポーツ選手を対象にサプリメントを展開することになって誘ってくれてるんだ。そこに行こうと思ってる。これまでの経験が生かせそうで、ワクワクしてる」

次の目標への意欲を語る千賀さんの姿を見て、コーチ就任を説得するなんてとんでもないと改めて思う。

「ただ、バスケから離れることを唯香が納得しなくて……」

千賀さんのほうから唯香の名を出してくれたので、少しホッとした。彼女を挟んでぎくしゃくしたくないのだ。

「説得、頑張ってください」

唯香が俺を頼ってきたことは隠してそう伝えた。

「ありがとう」

千賀さんが差し出した手をしっかり握る。すると、隣の万里子がうれしそうに微笑んだ。

その後、驚くことに俺が置いていったバスケットシューズが出てきた。捨てられたと思っていたのに、千賀さんが保管してくれていたようだ。

千賀さんの提案で、それを履いて久々にコートに立った。

コートの横で目を輝かせる万里子の前で恰好をつけたいけれど、引退以来ボールを触ったのも初めてでなかなか緊張する。

しかし、軽くシュートしてみたらリングにもボードにも当たらずに入るスウィッシュが決まり、久々の感覚に胸が熱くなる。

「すごっ」

そんな万里子の小さな声が届いて、口角が上がった。

贅沢なことに、千賀さんとのワンオンワンが実現した。

さすがに現役選手には敵わないと思ったが、彼は一切手を抜くことなく付き合ってくれる。

久しぶりのドリブルに、スリーポイントシュート。当然現役のときのようにすんなりとは決まらないこともあるが、爽快だ。俺はバスケが好きなんだと思い出させてくれる。

東京ベイシーズの選手たちも続々と見学に来て、いつの間にか人だかりができていた。

「俊典さん、頑張って！」

最初は小声で応援していた万里子も、いつの間にか声が大きくなっている。

これは期待に応えなくてはと気合が入り、千賀さんのディフェンスを抜いてダンクシュートを決めた。

「おおっ」というどよめきが起こり、千賀さんが天を仰ぐ。

「沖、現役で通用するんじゃない？」

「もう息が上がってるから無理ですよ」

トレーニングを積んでいないので、さすがに体力が続かない。千賀さんと固く握手をして終わった。

今日、こうして千賀さんと向き合えてよかった。あの頃を思い出しても、二度と心は痛まないだろう。

坂田のほうもよい話ができたようで、用具提供の契約は進みそうだ。

体育館の入口で坂田と別れて、万里子と手をつなぐ。

もうこの手は絶対に離さない。

「万里子、ありがとな」

「なにが？」

「なにがって……全部だ。俺が千賀さんと穏やかな気持ちで向き合えたのも、バスケの楽しさを思い出させてくれたのも、全部万里子だよ」

彼女に再会して、俺は本来の自分を取り戻せた。

「私はなにも……。あんなダンクを目の前で見せてもらって、一生分の運を使い果たしたんじゃないかって思ってるくらいで……」

「ダンクぐらい、いつでもやるぞ」

「すごい……。そんな人の彼女でいいのかな、私」

万里子がぼそりとつぶやくので腰を抱く。すると彼女は目を真ん丸にした。

「万里子は一生俺のものだからな。ほかの男なんて見えなくなるくらい頑張って引きとめるし」

彼女の目を見ながら伝えると、頬が真っ赤に染まっている。

「……が、頑張らなくても、私は俊典さんしか……」

「しか？」

耳まで赤くして口をつぐんだ彼女を促す。その先をどうしても聞きたいからだ。

「と、俊典さんしか……見えないくらい、す、好きです」

そう言った瞬間、顔を伏せてしまう万里子を抱き寄せる。

「俺も好きだ。……好きだよ、万里子」

ありったけの想いをぶつけて体を離す。そして彼女の顎を持ち上げて唇を重ねた。

しびれるような幸福に包み込まれて、心が満たされる。

しばらくして離れると、恥ずかしいのか万里子が腕の中に飛び込んできたので、しっかり抱きしめた。


肉が食べたいという気持ちが一致して、一緒にレストランでステーキに舌鼓《したつづみ》を打ったあと、各々の部屋に帰った。シャワーを浴びて幸せの余韻に浸りながらベランダでビールを飲んでいると、眼鏡に部屋着姿の万里子も出てくる。

【ベランダにいる】とメッセージを送っておいたからだ。

「やっぱり飲んでる」

ふふっとかわいらしく笑う彼女の手にも、ビールの缶が。

「乾杯する？」

「はい。なにに乾杯します？」

「そうだな。俺たちのために輝く月に乾杯」

俺が隔て板を越えてビールを差し出すと、彼女がこつんとぶつけてくすくす笑っている。

「あの月は、私たちのために輝いてるんだ」

「当然だろ」

したり顔で言うと、万里子はついに噴き出した。

「月がきれいですね」

「万里子、その言葉の意味わかってるの？」

問うと、「あっ」と小さな声を漏らした彼女は目をそらす。どうやら〝I love you〟だと知っているようだ。

「万里子」

「ん？」

彼女がこちらを向くので、自分の眼鏡を外し、彼女の眼鏡に手をかけ持ち上げる。

「えっ……？」

「今は邪魔」

俺は身を乗り出して唇を重ねた。

離れて眼鏡を戻すと、大きな目をキョロッと動かして照れている。その姿がまたかわいらしくて、ますます〝好き〟が加速する。

「部屋探そうか？」

「部屋？」

「そう。ふたりで住める、もっと大きい部屋。これ、邪魔だろ？」

隔て板をトントン叩くと、笑っている。

「でも、一緒に住むと、あまりのダラダラさに幻滅するかもしれませんよ」

「それは俺だって同じだよ。万里子は俺を美化しすぎてるような気がするんだよね。部屋は散らかってるし、洗濯忘れるし……」

正直に伝えると、彼女は目を細める。

「その程度の怠《なま》け具合なんて、まだまだ甘いですねー」

「ごみを捨てるのも忘れるな」

「それは日常」

彼女が真顔で言うので、今度は俺が噴き出した。

互いに抜けているところも、ちょっとだらしないところもある。けれど、自分を過剰によく見せようとして肩ひじ張って生活するのは疲れそうなので、俺はその緩さがありがたいのだが……。

「嫌いに、ならないですか？」

「万里子を？　なるわけないだろ。神キーホルダーもどんとこい」

「あれはもうつけません！」

いつか年老いて白髪が増えても、こうして一緒に笑っていたい。万里子となら、自然体でリラックスした優しい時間を過ごせる気がするのだ。

「ずっと好きでいる。もう離すつもりはないよ」

正直な気持ちをぶつけると、彼女はうれしそうにはにかんだ。

「不動産屋さん、いつ行きます？」

「いつにしようか。あっ、でもその前に万里子のお母さんに挨拶しておきたい」

同棲するなら、いや、結婚するなら挨拶をしておきたい。万里子を一生大切にすると誓いたいのだ。

「お母さん、びっくりしそう」

「いいんだ。旅行先ではアグレッシブに観光はしない。ただくっついてダラダラしよう」

「私、体力持つかな……」

「旅行も行くぞ」

一日中、万里子を抱きしめていられるなら、のんびりするだけで絶対に楽しい。

「ご飯は食べたいな」

かわいらしい願いに笑みがこぼれる。

「やっぱり肉だよな」

「はい。お肉は外せません」

楽しそうに頬を緩める彼女がかわいくてたまらず、もう一度引き寄せて唇を重ねる。

今度は眼鏡を外すのを忘れてずれたのはご愛敬《あいきょう》だ。

「この板、ほんと邪魔だな」

隔て板がなければ、押し倒しているところだ。

けれど、彼女のお母さんに挨拶をするまではちょうどいい。

早く彼女と一緒になりたい。そんな気持ちばかりが高ぶった。

プロポーズは突然に

「うわー、気持ちいい」

遠くに見える山が、赤や黄色に染まる頃。海沿いにある立派なホテルを訪れた私は、早速ベランダに出て潮の香りを楽しんだ。

「いい風が吹いてるな」

あとからやってきた俊典さんは、私の腰を抱いて深呼吸する。

彼はいつも私に触れたがり、私は照れくさいもののそれがうれしい。

「ここに合宿に来ると、いつもあの砂浜を走らされて。あれが一番嫌だった」

彼は目の前に広がる砂浜を指さして眉をひそめる。

バスケットについて語ることがつらかったという彼だけれど、千賀さんに会ってからはいろいろ教えてくれるようになった。きっと、完全に過去を乗り越えたのだろう。

「拷問ですね」

「そうそう、拷問。だけど、それも世界に出ていくための試練だと思ったら踏ん張れた」

それだけ情熱を燃やしたバスケを引退しなければならなかったときの心の痛みは、どれほどのものだったのだろう。

「拷問、行ってみる？」

「えっ、走るの？」

あからさまに顔をしかめると、彼は口に手を当てて笑っている。

「大事なお嬢さまを走らせたら、お母さんに叱られる。散歩しよう」

俊典さんは、先週の日曜に母に挨拶をしてくれた。

珍しく顔がこわばるほど緊張していたようだけれど、『必ず幸せにします』と宣言してくれたので、私は胸が熱くなった。母もまた瞳を潤ませ、『万里子をお願いします』と託してくれた。

祖母の遺影にも手を合わせ『もう一度お会いしたかった』と声を震わせた彼のことを、祖母も歓迎してくれていると思う。

「散歩なら得意です」

祖母も連れてきてあげたかったと思いながら返事をすると、こめかみにキスをされる。俊典さんと一緒だと、どんなことにもいちいちドキドキして大変だけど、とにかく幸せだ。

それから彼としっかり手をつないで、浜辺をゆっくり歩いた。

足下は、もちろんあの赤いスニーカー。彼もおそろいの赤を買い、最近はいつもふたり一緒だ。

海水浴ができる時季ではないので観光客もおらず、プライベートビーチのようだった。繰り返される波の音を聞いていると、日々のしがらみから解放されて心が軽くなっていく。

「もうずっとここにいたいな」

「俺も。まあ、万里子がいてくれればどこでもいいけど」

彼は風のせいで私の顔にかかった髪をそっとよけながら笑う。

「お仕事、大変ですか？」

「浅海から部署を任せると言われていて……」

浅海さんは、バスケを引退した彼を今の会社に引っ張った親友だ。私も一度会わせてもらい挨拶をしたけれど、誠実そうな素敵な人だった。

「責任は重くなるけど、やりがいはある。東京ベイシーズの選手との契約も成立したよ」

海を眺めながら言う彼の表情は凛々《りり》しい。

きっと彼なら、もっともっと輝ける。

「万里子は？」

「うーん、私は相変わらずバタバタしてます。でも、職場の雰囲気がすごくよくなって、あの後輩も真面目に働いているので、角を出した甲斐はあったかなと」

頭に指で角を作ると、彼は笑っている。

ひと悶着あってから、後輩たちと会話をよくするように心がけた。これまでは皆、誰かにバカにされるのではないかと不安で、困っていることも聞きにくかったようだけれど、今は素直に口に出せる雰囲気を作れているように思う。

自分さえ我慢して嫌な役を引き受ければ円滑に回ると思っていたが、間違いだった。リーダーなのだから、全員がどんな仕事でもこなせるように指導するべきだったのだ。

もうすぐ育児休暇が明けて先輩が戻ってくるので、一緒に後輩たちを引っ張っていきたいと意気込んでいる。もちろん、一流になるために。

こうして前向きになれたのは、俊典さんのおかげだ。

「さすが」

「角が？」

もう一度指で角を作ると、彼は白い歯を見せた。

「かもね」

「えー」

口を尖らせるとすかさずキスをされて、目をぱちくりさせる。

「隙あり」

「もう……！」

最近はキスにも慣れてきたけれど、こうして不意打ちされると心臓がドクンと跳ねる。

「万里子。たくさんけんかしような」

「けんか？」

けんかなんてしないほうがいいのに、どういう意味だろう。

「そう。思ったことはちゃんと口に出して、その時々でちゃんとぶつかろう。我慢を重ねるといつかすれ違ってしまうから。絶対に離れたくないんだ」

彼のそんな気持ちがうれしい。

「でも、俊典さんは私に甘いから、俊典さんがつぶれそうで心配」

付き合い始めてからぶつかったことは一度もない。それは、彼が大きな器でなんでも受け止めてくれるからだ。我慢しているのであれば、絶対に彼のほう。

「甘いかな？　心当たりないんだけど」

「だって、私がすっぴんでダラダラしててもなにも言わないでしょ」

休日はどちらかの部屋で過ごすことが増えたけれど、疲れているとなにをする気にもなれない。きっと〝自慢したくなる彼女〟にはほど遠いはずだ。

「別に不満じゃないし。仕事を全力で頑張ったんだな、かわいいなと愛《め》でてるだけだけど」

愛でてる？

「それに、万里子がそんな姿を見せるのは俺だけだろ？」

「それは、そうですけど……」

「それって、俺に心を許してくれてる証拠じゃないか。俺は万里子の特別になったんだなと感慨深いよ」

冷静に考えて、再会した初日から素の姿を見せていたはずだ。心を許しているというよりは、もう知られてしまったんだしと開き直っているというか……。

ただ、俊典さんに心を許しているのは事実なので黙っておいた。

他愛ない話をしながらしばらく歩き続ける。

波打ち際には私たちふたりの足跡だけ。時折大きな波が来て、それを消していく。

俊典さんは海岸沿いにある展望台に私を連れていき、口を開いた。

「俺、ここで誓ったんだ」

「なにを？」

「日本代表になるって。でも叶えられなかった……」

悲しげな顔で吐露する彼を励ましたくて、腕を握った。すると彼は、大きく息を吸い込んでから叫ぶ。

「嘘ついてすみませんでした」

そんなふうに言うので、視界がにじんでしまう。

嘘なんかじゃないのに。彼は間違いなくその誓いを叶えるために前進していた。けがという不幸に襲われたのは、彼の努力が足りなかったわけでは決してない。

「でも、今度は嘘じゃない。万里子を幸せにすると誓います」

「俊典さん……」

もうダメだ。こらえきれなくなった涙が頬を伝う。

私に向き合った彼は、優しく微笑みながら私の涙を拭う。

「誓うよ。万里子を世界一幸せにする」

「……うん」

感極まってしまい、声がかすれる。

「だから俺と、結婚してほしい」

最初から結婚を見据えた交際だった。でも、まさか今日プロポーズされるとは思ってもいなかった。

きっと彼はこの場所で、誓いを上書きして新しい一歩を始めたかったのだろう。

「はい。よろしくお願いします」

当然、返事はイエスしかない。

付き合い始めてまだ日は浅いけれど、一生一緒に歩くのはこの人しかいないと毎日のように感じているから。

「ありがとう」

彼はポケットから大きなダイヤの輝く指輪を取り出し、私の左手薬指に入れる。

「いつの間に?」

「付き合い始めてすぐに買った。もう結婚するって決めてたから」

まったく知らなかった。

「うれしい」

自分の手に収まった指輪を見て漏らすと、顎を持ち上げられる。

「俺、この指輪より輝いてみせるから。万里子に一流だと言わせる」

「もう、十分……」

つらい過去を乗り越え、大きな会社で部署を任されるほど仕事でも活躍し……。これ以上彼に望むことなんてない。

でも……きっと彼は、まだ足りないんだろうな。どこまでも高みを目指す人だから。

感激の涙を流しながらそう伝えると、彼は私の頬を両手で包み込み、熱い視線を注ぐ。

「愛してる」

そうささやいた彼は、私を引き寄せて唇を重ねた。


その夜。私たちは初めて結ばれた。今日まで手を出さなかったのは、母への挨拶を先にと決めていたからのようだ。

緊張で顔がこわばる私に、彼は何度も優しいキスをしてくれる。

「好きだ」

まぶたにそっと唇を押しつけた彼にささやかれて、胸がいっぱいになる。半分結婚をあきらめていた自分に、こんな情熱的な恋ができるとは思わなかった。

「……好き」

彼の首に手を回して、思いのたけをぶつける。

「煽ってるの?」

「煽る?　なんの話?」

俊典さんがとんでもないことを言うので、焦りに焦る。

「なんのって……。こんな色っぽい顔して」

彼に唇を指でなぞられて、ゾクッとする。

そんな顔をした覚えはないけれど、もしそう見えるとしたら、彼の甘いキスのせいだ。

「ダメだ。優しくしようと思ってたけど、できる自信がない」

彼はそう言いながらバスローブを脱ぎ捨てた。すると、バスケットで鍛え上げられた筋肉質な体があらわになる。

直視するのは恥ずかしいのに、彼の努力の結晶だと思うと目に焼きつけたくてたまらない。

「そんなに見て、どうした?」

「すごい筋肉だなって……」

「触ってみる？」

「……だ、大丈……」

断ろうとしたのに、彼は指輪が収まった私の左手を自分の胸へと誘導する。

「すご……」

「好きなだけ触っていいよ。もう万里子のものだから」

そんなふうに言われて、目を白黒させる。

「でも、万里子は俺だけのものだからな」

「えっ？　……あっ」

胸に触れていた指を食《は》まれて舌を巻きつけられ、情欲を纏った視線で見つめられると、体の奥が疼きだす。

もっと触れてほしい。彼とひとつになりたい。

そんなはしたない感情に支配され、理性が飛んでいく。

「俊典、さ――」

それ以上続かなかったのは、唇をふさがれたからだ。

「そんな潤んだ目で見つめられて、我慢できる男がいると思ってる？」

「ん……っ」

首筋に舌が這い、自分でも驚くような甘いため息が漏れる。

「もう離さない」

独占欲を爆発させる彼は、私のバスローブの襟を開き、熱い唇を押しつけた。

彼のしなやかな指が這う体は熱を帯び、たちまちとろとろに溶けていく。全身を丁寧に愛撫《あいぶ》され、快楽の沼に引きずり下ろされた。

「あっ……や……」

下腹部の敏感な部分に触れられると、勝手に蜜があふれてきてしまう。

恥ずかしくてたまらず枕に顔を押しつけて隠そうとすると、彼はそれを許さんとばかりに私の頬にキスをした。

「もっと感じて。乱れた万里子も、すごくきれいだ」

「俊典さん……好き」

彼にしがみついて言うと、強く抱きしめられる。

「俺も好き。万里子が好きだ」

甘いため息交じりの声でそうささやいた彼は、私の中にゆっくり入ってきた。

「はぁっ……ああっ……」

俊典さんが腰を打ちつけてくるたびに恥ずかしい声が漏れてしまったけれど、それすら「かわいいな」と言ってくれる彼に溺れた。

大好きで尊敬できる人に愛される喜びは、なににも代えがたい。胸がいっぱいで、ただただ幸せなひとときだった。

悩ましげな表情を浮かべ、官能的なため息を吐きながら欲を放った彼は、荒ぶる呼吸を隠すことなく私を腕の中に誘う。互いの体がほんのり汗ばんでいて、妙に照れくさい。

「生きていてよかった。幸せだ……」

彼はそうささやき、私の額にキスをする。

生きていてなんて大げさだと思ったけれど、そうでもないのかもしれない。バスケの道が絶たれたとき、彼の心は瀕死の状態だったのだろう。

「もっと……」

「ん？」

「もっと幸せになりましょう。ふたりで」

私たちは、これからまだいくらでも光り輝ける。ううん。絶対に輝いてみせる。

そう伝えると、体を離した彼は私を見つめてうれしそうに微笑む。

「そうだな。万里子とふたりなら、幸せに限界なんてない。ワクワクする」

「そう、ワクワクします」

未来に希望を抱けることが、こんなに幸せなんて知らなかった。

俊典さんと手を取り合って、ゆっくり進んでいこう。きっとつまずいても、彼が救い上げてくれるから。


まだ少し冷たい北風に負けず、桜がつぼみを膨らませてきた三月中旬。私たちは結婚式を迎えた。

旅行から帰った直後、彼の両親にも結婚の挨拶を済ませて、すぐに入籍した。３ＬＤＫのマンションに引っ越して、すでに新しい生活を始めている。

仕事から帰宅したらメイクを落としてコンタクトから眼鏡に替えてしまうけれど、俊典さんはまったく気にせず、それどころか「こっちのほうがかわいい」と言ってくれる。

この世にそんな稀有《けう》な人がいるのかとびっくりしたけれど、私も起きがけでぼーっとしている俊典さんをかわいらしいと思いながらこっそり観察しているので、それと同じだろう。

無防備な姿を私にだけ見せてくれるのだと思うと、胸がキュンと疼くのだ。

ふたりであちこち見て回り決めた教会は、森の中にたたずむ『ローズパレス』だ。妖精でも出てきそうな幻想的な雰囲気に胸を打ち抜かれたのだけれど、俊典さんも『ここだ』とつぶやくほど気に入り、即決した。

しかしドレス選びが難航した。一生に一度のことだからと思うと簡単には決められず、いろんなカタログを取り寄せては迷う毎日。

もういっそ俊典さんに決めてもらおうかと思っていたら、彼がブランピュールのカタログを差し出してきた。私が雑誌を見ながら『このブランドがあこがれで』とつぶやいたのを覚えていたらしく、会社の帰りにもらってきてくれたのだ。

レンタル料が予算オーバーであきらめていたのだけれど、『万里子の笑顔が見られるならお安いものだ』と言ってくれたので、ひと目で気に入ったAラインのビスチェタイプに決めた。

うっかり肩の出るデザインにしてしまったため、ダイエットに励むことになったのは、うれしい誤算だ。けれど、金曜の夜のビールとねぎ塩牛タンだけはやめられず、彼と乾杯するのが楽しみだった。

自然体の、そしてありのままの私に愛を注いでくれる俊典さんのおかげで、とにかく幸せだ。今日、彼の隣で永遠の愛を誓えることが感慨深い。

最前列の母の手には祖母の遺影。そして、私たちを出会わせてくれたあのスニーカーも一緒だ。

「新郎、沖俊典。あなたは尾関万里子を妻とし、病めるときも、健やかなるときも、富めるときも、貧しきときも、愛し、敬い、慈しむことを誓いますか？」

牧師さまの声が教会に響いて、緊張が高まっていく。

「はい、誓います」

真摯な表情の俊典さんは、凛々しい声で答えた。

「新婦、尾関万里子。あなたは沖俊典を夫とし、病めるときも、健やかなるときも、富めるときも、貧しきときも、愛し、敬い、慈しむことを誓いますか？」

「はい、誓います」

感動で胸が震え、涙が頬を伝う。すると隣の俊典さんが、そっと私の腰を抱いてくれる。

「誓いのキスを」

私のベールを上げた俊典さんは、優しく微笑む。

「きれいだよ、万里子。一生愛してる」

そしてそうささやきながら、唇を重ねた。

番外編　ずっと一緒に

「……はっ。遅刻する！」

　挙式から六カ月。開いていた窓から秋めいた風が吹き込んできたのに気づいて目覚めると、時計の針が八時五分を指している。

　慌てて跳ね起きると、隣で眠っていた俊典さんも目を覚ました。

「ねえ、もう八時過ぎてる。急いで」

「今日、祝日だぞ」

「嘘……。あっ、秋分の日？」

　それで目覚ましが鳴らなかったのか。きっと彼が切っておいてくれたのだろう。

「起こしちゃった。ごめんなさい」

　相変わらず抜けている私を、彼はくすくす笑うだけで叱ったりはしない。

「万里子はここ」

　彼は私の腕を引っ張りあっという間に腕の中に閉じ込める。

　彼にこうして包まれていると、すごく安心するし心地よすぎて離れたくなくなる。

「昨日の夜のこと、覚えてる?」

「私、寝ちゃったんだ……」

先にお風呂に入り、ソファでテレビを見ながら俊典さんを待っていたはずなのに、途中から記憶がない。せっかく会話を楽しもうと思っていたのに。

「パックしたままだ——」

「あっ!」

シートマスクものせたままだった。

「起きちゃうと思って、そーっと取って、軽く乳液つけておいた」

なんてできた夫なのだろう。

「ごめんなさい」

「なんで謝る? 今は眠い時期なんだよ。気にしない」

彼は私のお腹にそっと手を置いた。

実は半月ほど前に、妊娠がわかったのだ。

最近いやに眠気に襲われると思ったら、ホルモンの関係で強い眠気が生じるのだとか。乳液をつけられても起きなかったのはそのせいだろう。

「気分は悪くない?」

「うん、平気」

妊娠初期からつわりがある人もいるようなので、気にしてくれる。

もともと優しい人だけれど、妊娠がわかってからこれまで以上に私を気遣ってくれる。私が飲めないからと、アルコールもぴたりとやめたくらいだ。

「万里子はすぐに無理をするからな。ちゃんと見張っておかないと」

彼はそう言いながら、私の額にキスをする。

「仕事も大変だったら辞めていいんだぞ。万里子とこの子くらい養える」

彼は営業統括部を引っ張り、業績を大幅にアップさせているらしい。一緒に会いに行った東京ベイシーズの選手の活躍ぶりが素晴らしく、彼が履くバスケットシューズの売り上げがすさまじい伸びを示しているのだとか。

将来を期待されている俊典さんであれば、経済的な心配はまったくない。けれど……。

「もう少し頑張りたいんです。最近、私を指名して契約してくれるクライアントが増えてきて……」

もちろん新しい契約は営業が取ってくるが、継続して契約してくれる会社の中には、事務的なやり取りを私に担当してほしいと指名してくれるところがあるのだ。

信頼してもらえている証なので、頑張ってきてよかったと感じている。

「そっか。さすがは我が妻。人間関係は平気？」

「はい。最近は思ったことは口に出すようにしていますし、ちょっとへこむことがあっても……」

「あっても？」

濁したからか、彼はその先を急《せ》かす。

「俊典さんがいてくれるから、すぐに元気になれます」

以前はお酒でごまかして無理やり心を立て直していた。でも今は、少しでも沈んでいるとすぐに彼が気づいて抱きしめてくれるので、復活も早い。

誰かと生活をともにすることは我慢の連続になりそうだと思っていたけれど、本当に相性のいい人となら幸せが倍増することを知った。

「……これ以上かわいいこと言って煽るなよ」

「煽る？」

そんなつもりはまったくない。

「抱きたくなるだろ。キスなら大丈夫だよな」

彼はそう言うと、あっという間に唇を重ねた。彼の優しいキスは、いつも私に元気をくれる。

「この子にバスケの選手になってほしいですか?」

まだ性別すらわからないのに気が早いけれど、なんとなく気になって尋ねた。すると彼は、しばし考え込む。

「うーん。強制はしたくない。なにに興味を持つかなんてわからないだろ?」

「そうですね」

「ただボールとバッシュは用意する。選手にはならなくてもいいけど、一緒にやりたいだろ、やっぱり」

ずっとバスケットから遠ざかっていた俊典さんが声を弾ませるので、私もうれしい。

「パパがダンクシュートなんて決めたら、びっくりしそう」

「そこは魅せるよ。父親の威厳を保たないと。……って、バスケしか自慢できるところないのか、俺」

俊典さんはしょげてみせるが、彼の素晴らしいところは、もちろんバスケの能力だけではない。何事にも真剣に取り組む彼は、正義感や責任感にあふれており、周囲に気を配れる優しい人だ。

つねに高みを目指して努力をやめない彼の背中を見て育てば、この子はきっと立派に成長していくだろう。

「そんなわけないでしょ」

「万里子は優しいな。……ただ、バスケは遊びでもいいんだ。なにで一流を目指すかは、この子が決めれば。スポーツでもいいし、仕事でもいい。なにかに必死に打ち込んで輝いてほしいな」

たとえ俊典さんが目指した日本代表のような地位にたどり着かずとも、全力で努力することそのものが尊い。それに彼は気づいたのだ。

結局目が覚めてしまったので、朝食をとったあと、ふたりで散歩に出かけることにした。

ウォーキングとは違い、のんびりまったりと気の向くままに足を進める。妊娠したばかりの私を気遣ってくれているのだ。

「ちょっと涼しくなってきましたね」

まだ時々汗ばむような日もあるけれど、今日は風が心地いい。散歩日和だ。

「おばあさんともこうやって歩いたの？」

「杖をついていたので、もっとゆっくりでしたけどね。道端に咲く花とか、子供たちの笑い声とか……祖母にとってはとてもいい刺激になったみたいで。体は疲れるけど心は弾むのかな？　散歩に行くと、いつもいい笑顔を見せてくれました」

　思えば祖母は、ちょっとした幸せ探しがうまかったのだと思う。

「そっか。俺、浅海に言われたんだよ」

「なにを？」

「お前、結婚してようやく笑うようになったなって。これまでも普通に笑ってたつもりだったけど、浅海曰《いわ》く、目が死んでたらしい」

　バスケ選手としての全盛期を知っている浅海さんは、俊典さんが心から笑えていないことに気づいていたのだろう。

「そうなれたのは、万里子のおかげ」

　彼は私を見て、口角を上げる。

「私もですよ。いろいろあきらめてたんですけど、どうしてもあきらめられないものがあると知りましたし」

　そう伝えると、彼は眉を上げる。

「それって、もしかして俺？」

「うーん、どうかな？」

　照れくさくてごまかしたけれど、もちろん俊典さんだ。ほかのなにを手放しても、彼だけはつかんでいたい。

「なんだ、期待したのに」

本気で肩を落としてしょげる彼がおかしい。

私は彼の腕を引き、ちょっぴり背伸びをして頬に軽いキスをした。〝もちろんあなたのことよ〟という意味を込めてだ。

すると彼は、目を真ん丸にしたあと、満面の笑みを浮かべる。

私のこんな小さな行動ひとつで、彼が表情を変えるのが不思議でもあり、うれしくもあった。

「なあ、万里子。いつか白髪やしわが増えても、こうして手をつないで一緒に歩こうな。その頃には、一流になれてるかな」

「俊典さんは、もう一流の旦那さまですよ」

こんな未熟な私を丸ごと受け止め、愛してくれるのだから。

「それはうれしい。一流のパパも目指さないと」

目を細める彼は、私の頬にお返しのキスを落とした。

「気分がいいから、なんでも買ってやるぞ」

「それじゃあ、ねぎ塩牛タン！」

意気揚々と言うと、彼は肩を震わせて笑っている。

「それでいいの？」

「ねぎ塩牛タンは神でしょ？」

「だよな」

この笑顔が永遠に続きますように。

END

あとがき

はじめましてのベリーズ文庫withです。いつものベリーズ文庫よりちょっと身近な恋を書かせていただきました。お楽しみいただけましたでしょうか。タワーマンションでは命が危ういベランダでのやり取り、そしてお隣さん設定、ずっと書きたかったので書く機会をいただけてうれしかったです。

ヒーローを設定するにあたり、すぐに思いついたのが沖でした。彼は『エリート御曹司は溺甘パパでした』で、ヒーローの浅海とそのパートナーを支えるすごくいいやつなんです。あの作品を書いているときから、沖の彼女、幸せだろうなと思っていたのですが、まさかのずぼら女子代表？の万里子でした。溺甘パパを書いていた頃は、キャリアウーマンが隣にいそうと思っていたのですが、ずっと気を張り詰めて生きてきた彼なら、ほんわかした癒やし系の女性を選ぶかもと、万里子に白羽の矢が立ちました。

そんな万里子も、私がいつも書くヒロインとは少し違いましたね。彼女も身近にいそうな女性を書いてみました。ずぼらの見本は私でして……。どうしたら家から出ずに済むのかといつも考えています。そして、メイクを始めてはや○○年。いまだ眉がうまく描けません。でも、神キーホルダーはつけてませんよ、断じて。

正しくありたくても、人ってそんなに強くないんですよね。長いものに巻かれて、思ってもいないことにうなずき、やりすごすことも多いはず。作中に『自分の信念を貫き通し、周囲の意見などものともしない孤高の存在』とありますが、そういう生きざまにあこがれる一方で、自分には絶対無理だなと思いもします。ただ、あまり気負いすぎると生きているのがつらくなるので、適度に手を抜いてしまいましょう。「レモンサワー最高！　ジャーキーは神！」と叫びながら、ストレス発散してくださいね。ちなみに私はレモンサワーもビーフジャーキーも苦手なので、「コーヒー最高！　チョコは神！」でいきたいと思います。

佐倉《さくら》伊織《いおり》

佐倉伊織先生への
ファンレターのあて先

〒104-0031
東京都中央区京橋1-3-1
八重洲口大栄ビル7F
スターツ出版株式会社　書籍編集部　気付

佐倉伊織先生

本書へのご意見をお聞かせください

お買い上げいただき、ありがとうございます。
今後の編集の参考にさせていただきますので、
アンケートにお答えいただければ幸いです。

下記URLまたは二次元コードから
アンケートページへお入りください。
https://www.ozmall.co.jp/enquete/IndexTalkappi.aspx?id=2301

ベリーズ文庫

おひとり様が、おとなり様に恋をして。

2025年2月10日　初版第1刷発行

著　者　佐倉伊織
©Iori Sakura 2025

発行人　菊地修一

デザイン　カバー　コガモデザイン
フォーマット　hive & co.,ltd.

校　正　株式会社鷗来堂

発行所　スターツ出版株式会社
〒104-0031
東京都中央区京橋1-3-1　八重洲口大栄ビル7F
TEL　03-6202-0386（出版マーケティンググループ）
TEL　050-5538-5679（書店様向けご注文専用ダイヤル）
URL　https://starts-pub.jp/

印刷所　大日本印刷株式会社

Printed in Japan

ISBN 978-4-8137-1704-1　C0193

ベリーズ文庫 2025年2月発売

『一匹狼なパイロットの溺愛に生真面目CAは気づかない～偽装結婚で天才機長は加速する恋情を放つ～』 若菜《わかな》モモ・著

大手航空会社に勤める生真面目CA・七海にとって天才パイロット・透真は印象最悪の存在。しかしなぜか彼は甘く強引に距離を縮めてくる！　ひょんなことから一日だけ恋人役を演じるはずが、なぜか偽装結婚する羽目に!?　どんなに熱い溺愛で透真に迫られても、ド真面目な七海は偽装のためだと疑わず…!?

ISBN 978-4-8137-1697-6／定価825円（本体750円＋税10%）

『ハイスペ年下救命医は強がりママを一途に追いかけ手放さない』 砂川雨路《すながわあめみち》・著

OLの月子は、大学の後輩で救命医の和馬と再会する。過去に惹かれ合っていた2人は急接近！　しかし、和馬の父が交際を反対し、彼の仕事にも影響が出るとを知った月子は別れを告げる。その後妊娠が発覚し、ひとりで産み育てていたところに和馬が現れて…。娘ごと包み愛される極上シークレットベビー！

ISBN 978-4-8137-1698-3／定価814円（本体740円＋税10%）

『冷酷社長な旦那様が「君のためなら死ねる」と言い出しました～ヤンデレ御曹司の激重愛～』 葉月《はづき》りゅう・著

調理師の秋華は平凡女子だけど、実は大企業の御曹司の桐人が旦那様。彼にたっぷり愛される幸せな結婚生活を送っていたけれど、ある日彼が内に秘めていた"秘密"を知ってしまい――！　「死ぬまで君を愛すことが俺にとっての幸せ」溺愛が急加速する桐人は、ヤンデレ気質あり!?　甘い執着愛に囲われて…！

ISBN 978-4-8137-1699-0／定価825円（本体750円＋税10%）

『鉄仮面の自衛官ドクターは男嫌いの契約妻にだけ激甘になる【自衛官シリーズ】』 晴《はる》日《ひ》青《あお》・著

元看護師の律。4年前男性に襲われかけ男性が苦手になり辞職。だが、その時助けてくれた冷徹医師・悠生と偶然再会する。彼には安心できる律に、悠生が苦手克服の手伝いを申し出る。代わりに、望まない見合いを避けたい悠生と結婚することに!?　愛なきはずが、悠生は律を甘く包みこむ。予期せぬ溺愛に律も堪らず…！

ISBN 978-4-8137-1700-3／定価814円（本体740円＋税10%）

『冷血硬派な公安警察の庇護欲が激愛に変わるとき～燃え上がる熱情に抗えない～』 藍里《あいさと》まめ・著

何事も猪突猛進！な頑張り屋の葵は、学生の頃に父の仕事の関係で知り合った十歳年上の警視正・大和を慕い恋していた。ある日、某事件の捜査のため大和が葵の家で暮らすことに!?　"妹"としてしか見られていないはずが、クールな大和の瞳に熱が灯って…！　「一人の男として愛してる」予想外の溺愛に息もつけず…！

ISBN 978-4-8137-1701-0／定価836円（本体760円＋税10%）

ベリーズ文庫 2025年2月発売

『極上スパダリと溺愛婚～女嫌いCEO・敏腕外科医・カリスマ社長編～【ベリーズ文庫溺愛アンソロジー】』

人気作家がお届けする〈極甘な結婚〉をテーマにした溺愛アンソロジー第2弾！　「滝井みらん×初恋の御曹司との政略結婚」、「きたみ まゆ×婚約破棄から始まる敏腕社長の一途愛」、「木登×エリートドクターとの契約婚」の3作を収録。スパダリに身も心も蕩けるほどに愛される、極上の溺愛ストーリー！

ISBN 978-4-8137-1702-7／定価814円（本体740円＋税10%）

『追放された恥さらし王女が闇落ち中の悪魔騎士（実は最強王太子）をうっかり救ったら～奇跡の加護持ちだったうえ、妃として溺愛されてます～』朧月《おぼろづき》あき・著

精霊なしで生まれたティアのあだ名は"恥さらし王女"。ある日妹に嵌められ罪人として国を追われることに！　助けてくれたのは"悪魔騎士"と呼ばれ恐れられるドラーク。黒魔術にかけられた彼をうっかり救ったティアを待っていたのは――実は魔法大国の王太子だった彼の婚約者として溺愛される毎日で!?

ISBN 978-4-8137-1703-4／定価814円（本体740円＋税10%）

ベリーズ文庫with 2025年2月発売

『おひとり様が、おとなり様に恋をして。』佐倉《さくら》伊織《いおり》・著

おひとりさま暮らしを満喫する28歳の万里子。ふらりと出かけたコンビニの帰りに鍵を落とし困っていたところを隣人の沖に助けられる。話をするうち、彼は祖母を救ってくれた恩人であることが判明。偶然の再会に驚くふたり。その日を境に、長年恋から遠ざかっていた万里子の日常は淡く色づき始めて…!?

ISBN 978-4-8137-1704-1／定価825円（本体750円＋税10%）

『恋より仕事と決めたけど』宝月《ほうづき》なごみ・著

会社員の志都は、恋は諦め自分の人生を謳歌しようと仕事に邁進する毎日。しかし志都が最も苦手な人たらしの爽やかイケメン・昴矢とご近所に。その上、職場でも急接近!?　強がりな志都だけど、甘やかし上手な昴矢にタジタジ。恋まであと一歩!?と思いきや、不意打ちのキス直後、なぜか「ごめん」と言われてしまい…。

ISBN 978-4-8137-1705-8／定価814円（本体740円＋税10%）

ベリーズ文庫 2025年3月発売予定

Now Printing

『たとえすべてを忘れても』滝井《たきい》みらん・著

令嬢である葵は同窓会で4年ぶりに大企業の御曹司・京介と再会。ライバルのような関係で素直になれずにいたけれど、実は長年片思いしていた。やはり自分ではダメだと諦め、葵は家業のため見合いに臨む。すると、「彼女は俺のだ」と京介が現れ!?　強引にニセの婚約者にさせられると、溺愛の日々が始まり!?

ISBN 978-4-8137-1711-9／予価814円（本体740円＋税10%）

Now Printing

『タイトル未定(航空自衛官×シークレットベビー)【自衛官シリーズ】』惣領《そうりょう》莉《り》沙《さ》・著

美月はある日、学生時代の元カレで航空自衛官の碧人と再会し一夜を共にする。その後美月は海外で働く予定が、直前で彼との子の妊娠が発覚！　彼に迷惑をかけまいと地方でひとり産み育てていた。しかし、美月の職場に碧人が訪れ、息子の存在まで知られてしまう。碧人は溺愛でふたりを包み込んでいき…！

ISBN978-4-8137-1712-6／予価814円（本体740円＋税10%）

Now Printing

『両片思いの夫婦は、今日も今日とてお互いが愛おしすぎる』高田《たかだ》ちさき・著

お人好しなカフェ店員の美与は、旅先で敏腕脳外科医・築に出会う。不愛想だけど頼りになる彼に惹かれていたが、ある日愛なき契約結婚を打診され…。失恋はショックだけどそばにいられるなら――と妻になった美与。片想いの新婚生活が始まるはずが、実は築は求婚した時から滾る溺愛を内に秘めていて…!?

ISBN 978-4-8137-1713-3／予価814円（本体740円＋税10%）

Now Printing

『タイトル未定(外交官×三つ子ベビー)』吉澤《よしざわ》紗《さ》矢《や》・著

イギリスで園芸を学ぶ麻衣子は、友人のパーティーで外交官・裕斗と出会う。大人な彼と甘く熱い交際に発展。幸せ絶頂にいたが、ある政治家とのトラブルに巻き込まれ、やむなく裕斗の前から去ることに…。数年後、三つ子を育てていたら裕斗の姿が！　「必ず取り戻すと決めていた」一途な情熱愛に捕まって…！

ISBN 978-4-8137-1714-0／予価814円（本体740円＋税10%）

Now Printing

『冷徹な御曹司に助けてもらう代わりに契約結婚』美甘《みあま》うさぎ・著

父の借金返済のため1日中働き詰めな美鈴。ある日、取り立て屋に絡まれたところを助けてくれたのは峯島財閥の御曹司・斗真だった。美鈴の事情を知った彼は突然、借金の肩代わりと引き換えに“3つの条件アリ”な結婚提案してきて!?　ただの契約関係のはずが、斗真の視線は次第に甘い熱を帯びていき…！

ISBN 978-4-8137-1715-7／予価814円（本体740円＋税10%）

タイトル、価格等は変更になることがございますのでご了承ください。